Patricia Kay Parker

Lustvolle Verführung
von zart bis hart

Erotische Erzählungen

Bibliografische Information Der Deutschen Bibliothek

Die Deutsche Bibliothek verzeichnet diese Publikation
in der Deutschen Nationalbibliografie;
detaillierte bibliografische Daten sind im Internet über
http://dnb.ddb.de   abrufbar.

© 2007 Patricia Kay Parker
Herstellung und Verlag:
Books on Demand GmbH, Norderstedt
Covergestaltung und Layout: KS Design
Fotos: KS Design

ISBN-10: 3-8334-9021-7
ISBN-13: 978-3-8334-9021-7

Danke

Ich danke mit Freude und Vergnügen:

Drei wunderbaren, unterschiedlichen, aufregenden Frauen, die spontan bereit waren, mich bei meiner Idee zu unterstützen, meine Kurzgeschichten mit erotischen schwarz-weiß Fotografien zu untermalen.

Ich danke herzlich dir, *Süße*, für deinen Mut, dein großes Vertrauen und deine Freundschaft.

Ich danke herzlich dir, *Gärtnerin*, für dein Selbstbewusstsein und deine Inspiration, die du in die Arbeit mit hineingebracht hast. Das war spitze!

Und ich danke herzlichst dir, *Smokie*, für den Spaß, die lockere Atmosphäre beim Shooting und deine Bereitschaft, sofort „Ja" zu sagen.

Ich bin stolz auf euch und auf die tollen Ergebnisse unserer gemeinsamen Arbeit!

Auch freue ich mich, *Martha*, über deine Erlaubnis, eine von deinen Geschichten in meinem Buch mitveröffentlichen zu können.

Mein ganz besonderer Dank gilt meinem *Liebling*. Ohne dich wäre dieses Projekt in dieser Form nicht möglich gewesen. Ich liebe dich!

Für Bille,
meine Inspiration

„Ob eine Sache gelingt,
erfährst du nicht,
wenn du darüber nachdenkst,
sondern wenn du es ausprobierst. "

Inhalt

- meine Haut kribbelt -

*D*arkroom

Was tue ich hier eigentlich?, frage ich mich zum wahrscheinlich fünften Mal an diesem Abend. Inzwischen bin ich nicht mehr davon überzeugt, dass die Idee, diese Lokalität aufzusuchen, eine gute gewesen ist.

Seit Stunden stehe ich nun hier an der Wand und beobachte das Treiben um mich herum. Die Musik ist laut. Die Luft stickig. Inzwischen ist die Tanzfläche so voll, dass die Frauenkörper kaum einen Platz zum Tanzen finden. Benebelt vom Alkohol wirkt es auf mich wie eine einzige lebende, bebende Masse.

Und hier stehe ich. Allein. Und keine der vielen Frauen hat mich bisher angesprochen. Klar, Blicke sind schon über mich geglitten. Aber eher uninteressiert. Nein, nicht dieser berühmte Blickkontakt, der angeblich das Eis bricht und ein erstes Gespräch ermöglicht.

Eigentlich sollte ich jetzt in meinem Hotelzimmer sitzen und mich auf die Präsentation morgen früh konzentrieren. Ich weiß gar nicht, wann ich jetzt die Zeit finden soll, meine Folien noch einmal durchzugehen.

Hätte ich doch nur nicht diese verfluchte Szene-Zeitschrift durchgeblättert, die ich am Flughafen mitgenommen hatte.

DARKROOM

Dieses Wort war mir sofort aufgefallen. Bei uns in der Gegend gibt es so etwas nicht. Schon gar nicht für Frauen. Es gibt bei uns im Umkreis von 100 Kilometern eigentlich auch keine einzige Kneipe oder Disco nur für Frauen.

Aber ein „Darkroom"? Der hatte sogleich meine Neugierde geweckt, meine Phantasie angeregt und mich magisch angezogen.

Ich bin allein in dieser Großstadt und kenne hier niemanden.

Keiner ist da, dem ich Rechenschaft schuldig bin. Außer vielleicht meinem Gewissen, das mir schon seit Stunden rät, wieder in mein Hotel zurückzukehren.

Aber genau das ist es, was ich nicht will. Meine Neugierde ist in diesem Fall stärker und zieht mich wieder in den Bann der erhitzten Leiber, die sich trotz der schnellen Rhythmen für mein Empfinden langsam und geradezu lasziv bewegen.

Die erste Stunde nach meiner Ankunft war ich damit beschäftigt, an meinem Bierglas zu nippen und mich verstohlen nach dem berüchtigten Darkroom umzuschen.

Der unscheinbare Eingang überraschte mich, hatte ich doch mit etwas Aufregenderem gerechnet. Und obgleich ich versuchte, einen Blick darauf zu erhaschen, was vielleicht in diesem Raum vor sich ging, so war mir dies nicht möglich, was meine Neugierde noch mehr anstachelte.

Seitdem stehe ich nun hier, an diese Wand gelehnt und beobachte zugleich die Tänzer wie auch den Eingang.

Ab und an lösen sich Paare aus der Menschenmenge und schlüpfen durch den Eingang in den mir so verlockend erscheinenden Raum. Geradezu sehnsüchtig blicke ich ihnen nach. Nicht wissend, was ich jetzt tun soll.

Was hatte ich eigentlich erwartet? Dass sogleich, wenn ich die Bar betrete, alle weiblichen Wesen lüstern über mich herfallen? Wie Hunde über frisches Fleisch?

Nein, das wohl nicht, aber ein wenig mehr Interesse an meiner Person hatte ich schon erhofft. Die Erkenntnis, dass ich vielleicht so erregt und angespannt, wie ich jetzt in diesem Augenblick bin, allein in mein Hotelzimmer zurückkehren werde, trifft mich hart.

Aber vielleicht ist genau das heute Nacht mein Schicksal. Vielleicht sollte ich gehen, bevor ich die letzte Selbstachtung verliere.

Ich trinke den Rest schalen Bieres aus meinem Glas und stelle es auf die Theke. Die Barkeeperin lächelt mich ein wenig mitleidig an.

Ich bin wohl nicht die Erste, die mit großen Erwartungen hierher kommt, den Abend damit verbringt, ein halbleeres Glas festzuhalten, um dann allein den Heimweg anzutreten.

Und ich werde nicht die Letzte sein, denke ich ein wenig enttäuscht, als ich mich dem Ausgang zuwende.

„Du willst doch nicht etwa schon gehen?"

Die tiefe, rauchige Stimme jagt mir einen wohligen Schauer über den Rücken.

Oh Gott, sie hat mich angesprochen! Plötzlich pocht mein Herz wie wild, und einen Moment fühle ich mich nicht imstande, mich zu der Stimme hinter mir umzudrehen.

„Ich werde jetzt in den Raum gehen, den du so angestarrt hast. Und dort warte ich auf dich."

Die Stimme scheint schmetterlingsgleich auf meiner Haut zu tanzen. Durchdringt mein Innerstes und vibriert an meiner intimsten Stelle.

Wer ist sie? Wie sieht die Frau aus, die zu dieser mega-erotischen Stimme passt?, frage ich mich und will mich gerade zu ihr umwenden, als sie mich erneut aufhält.

„Nein, dreh dich nicht um! Du wirst jetzt langsam bis 30 zählen, ohne dich umzuschauen. Dann folgst du mir. Ich erwarte dich."

Lautlos fange ich an zu zählen.

Bin ich tatsächlich im Begriff, zu einer völlig Fremden, die ich noch nie im Leben gesehen habe, in den Darkroom zu gehen? Weiß ich eigentlich, worauf ich mich da einlasse?

Nein, ich weiß es nicht. Aber in diesem Augenblick ist es mir auch egal. Zu stark ist meine Erregung. Zu heftig meine Lust. Die Gier nach Sex. Sex mit einer Frau.

… 29 … 30! Endlich! Ich drehe mich um, aber wie zu erwarten steht niemand hinter mir. Meine Augen wandern suchend durch den Raum. Treffen auf den Eingang. Diesen verführerischen Eingang, hinter dem sie mich erwartet.

Zögerlich, aber aufgeregt setze ich mich in Bewegung. Dränge die unguten Gedanken in den Hintergrund, die mein pflichtbewusstes Gewissen mir sendet.

Hatte sie wirklich mich gemeint? Oder stand da noch jemand. Eine andere Frau, der die Worte galten?

Jetzt ein wenig unsicher verlangsame ich meine Schritte noch mehr. Nur noch wenige Meter. Soll ich wirklich den Vorhang öffnen und hinein gehen? Mein Herz schlägt mir bis zum Hals. Was wird passieren? Was wird sie mit mir tun? Wird es mir gefallen? Gedanken, Fragen, die durch meinen Kopf rasen.

Meine Hand greift nach dem Vorhang und ich mache einen letzten Schritt. Das Licht aus der Bar beleuchtet den kleinen Raum. Überrascht stelle ich fest, dass es nur ein Durchgang ist. Vor mir, nur zwei Meter entfernt, noch ein Eingang. Ich lasse den Stoff hinter mir zurückgleiten und bleibe einige Sekunden stehen, um mich an die Dunkelheit, die mich jetzt umgibt, zu gewöhnen.

Noch kann ich zurück, denke ich. Zurück in mein Hotelzimmer. Zu der Präsentation, die dort auf mich wartet. Zurück in mein altes, sicheres Leben. Aber kann ich das wirklich? Ist es nicht schon längst zu spät?

Die Sehnsucht, einmal eine Frau zu spüren, sie mit allen Sinnen zu lieben und zu genießen, ist einfach zu stark. Ich will es erleben. Und zwar jetzt.

Mit zittrigen Knien bringe ich die letzten Meter hinter mich. Stimmen dringen in meine Ohren. Ein Stöhnen – gedämpft – fährt mir mit Wucht zwischen die Beine. Meine Haut kribbelt, als ich den Vorhang beiseite schiebe.

Hände empfangen mich. Ziehen mich weiter in den Raum. Ich kann nichts sehen. Alle meine anderen Sinne sind gespannt. Von mehreren Seiten dringen die lustvollen Geräusche von sich Liebenden an meine Ohren. Ich rieche Deo, vermischt mit der leichten Note von Schweiß und dem unverwechselbaren Geruch von Sex. Noch nie empfand ich diesen Duft so betörend. Vor meinem geistigen Auge erscheinen Bilder. Bilder von nackten, ineinander verschmolzenen Frauenkörpern, die in einen sinnlichen, erotischen Reigen vertieft sind.

Unzählige verschiedene Reize und Empfindungen kommen in mir hoch, während ich blind und den warmen, führenden Händen vertrauend durch die Dunkelheit folge.

Die Luft um mich wirkt wie elektrisiert. Am liebsten würde ich die Fremde an mich ziehen und ihr leidenschaftlich küssend die Kleider vom Leib reißen. Ich kann die Feuchtigkeit zwischen meinen Schenkeln spüren. Mein Kitzler pocht. Sehnt sich nach Berührung.

„Komm, wir sind gleich da!" Es sind die ersten Worte, die meine Unbekannte hier an mich richtet. Diese Stimme. Nie wieder werde ich sie vergessen können. Dessen bin ich mir sicher.

Dann haben wir den angesteuerten Platz erreicht. Sie bleibt plötzlich stehen und zieht mich zu sich heran. Ich spüre die Hitze ihres Körpers auf mich strahlen, kurz bevor ihre Lippen die meinen treffen.

Küssend umschlingen wir einander eng.

Sie ist ungefähr so groß wie ich. Ihre weichen Brüste drücken sich gegen meine. Ich lasse meine Hände über ihren schlanken Körper wandern. Fahre ihr über den Rücken zu ihrem Po herunter. T-Shirt und Jeans, schießt es mir durch den Kopf. Wie ich. Und sie trägt keinen BH.

Plötzlich packt sie mich etwas fester. Wir drehen uns und sie drängt mich nach hinten. Kurz befürchte ich zu fallen, aber dann stößt mein Rücken gegen die Wand hinter mir. Ich lehne mich an, froh darüber, einen Halt zu finden.

Jetzt erst wird mir bewusst, dass der Raum in viele kleine Nischen, Séparées, unterteilt ist, um den Paaren trotz der Öffentlichkeit einen privaten Rahmen zu geben.

Aber lange lässt mir die Fremde keine Zeit zu überlegen, denn energisch schiebt sie mir ein Knie zwischen die Beine, so dass ich sie unweigerlich mehr spreizen muss.

Ich weiß nicht, worauf ich mich zuerst konzentrieren soll. Ihre warmen, zärtlichen Hände gleiten ohne Vorwarnung unter mein Shirt, während ihre Zunge sanft über meine Lippen fährt. Ich öffne mich für sie, lasse sie ein. Unsere Zungen finden einander und beginnen ein aufregendes Spiel.

Mir entfährt ein lautes, lustvolles Stöhnen, als sich ihre Fingerspitzen in diesem Moment um meine Brustwarzen schließen und anfangen, diese leicht zu massieren. Sie rollt die harten Knospen zwischen ihren Fingern, drückt sie sachte in die Höfe zurück, nur um sie im nächsten Augenblick wieder herausschießen zu lassen und mir wohlige Schauder durch meinen Körper zu jagen.

Ich atme schnell. Ich kann mich kaum noch zurückhalten. Allein diese Berührungen treiben mich bereits an den Rand des Höhepunktes.

„Warte", stoße ich atemlos heraus. „Nicht so schnell." Ich will noch nicht kommen. Ich will es länger genießen. Ich will nicht, dass es schon zu Ende ist, noch bevor es richtig begonnen hat.

„Vertrau mir", lautet ihre knappe Antwort. Ich bin überrascht, aber ohne Widerstand überlasse ich die Kontrolle ihr.

Ich suche an der Wand nach Halt, bevor mich die Kraft meiner Beine verlässt. Taste mit meinen Händen über meinem Kopf und finde eine Stange, an der ich mich festhalten kann.

Ob sie zu genau diesem Zweck angebracht ist?, überlege ich kurz, verwerfe den Gedanken aber wieder und konzentriere mich auf mich.

Der Reiz, der von meinen Brustwarzen zu meinem Unterleib zieht, wird stärker. Das Zungenspiel immer intensiver. Ich winde mich unter den Berührungen, reibe mich an dem Knie zwischen meinen Beinen.

„Ooooooohhhh … jaaaaaaa", mein Aufschrei, der meinen ersten Höhepunkt begleitet, holt mich für einen Augenblick aus der Trance.

Ich spüre, dass die Hände nun nach unten weiter wandern, sich an meinen Jeansknöpfen zu schaffen machen.

„Bitte … ich … ich kann nicht mehr!", stammele ich noch immer vom Orgasmus aufgelöst.

Doch noch bevor ich reagieren kann, schieben sich schlanke Finger in meinen Slip und fahren in einer einzigen Bewegung direkt zwischen meine nassen Schamlippen. Tauchen ein, entdecken mich von innen, während der Daumen sich auf meinen Kitzler legt und beginnt, ihn zu streicheln.

Ihre Lippen verlassen die meinen.

„Doch, du kannst ... vertrau mir", raunt sie. Die Erregung lässt ihre Stimme noch tiefer klingen. Dann wandert ihr Mund tiefer.

Vor mir kniend zieht sie meine Jeans und meinen Slip runter bis zu meinen Knöcheln und lässt mich aus einem der Hosenbeine steigen.

Ich halte den Atem an. Warte, was sie als Nächstes mit mir tun wird.

Dann spüre ich ihre Zungenspitze, die neckend meine Schamlippen entlang fährt und zwischendurch gegen meinen angeschwollenen, erregten Kitzler tippt, bevor sie beginnt, gnadenlos intensiv diesen zu lecken. Es sind die schönsten Gefühle, die ich je im Leben gehabt habe.

Meine Beine fangen haltlos an zu zittern. In meinem Kopf dreht sich alles. Die Empfindungen sind so mächtig.

Unfähig, einen klaren Gedanken zu fassen, lasse ich mich ganz und gar fallen.

Mein Herz rast. Nach einer Weile kann ich nicht mehr zählen, wie oft ich gekommen bin.

Erschöpft sacke ich herunter. Die Unbekannte fängt mich auf und lässt mich auf ihren Schoß gleiten. Ich vernehme nur ihr beruhigendes Flüstern, kann aber einen Moment lang ihre Worte nicht erfassen. Zu überwältigt bin ich noch von dem zuvor Erlebten.

Die Nachbeben in meinem Körper lassen nur ganz langsam nach, während ich auf ihrem Schoß sitze und sie mir liebevoll über den Rücken streichelt.

Ich wende den Kopf zu ihr, um ihre Lippen zu küssen. Sie riecht nach mir. Noch nie habe ich mich selbst an den weichen Lippen einer Frau geschmeckt.

Ich weiß nicht, wie lange wir so, die Welt um uns vergessend, auf dem Boden gesessen haben.

„Komm, wir gehen raus hier. Möchtest du etwas trinken?", fragt sie mich plötzlich.

„Und was ist mit dir?" Sie kann doch nicht so selbstlos sein.

„Das verschieben wir vielleicht auf später. Aber erst trinken wir was zusammen. Ich würde dich gerne näher kennenlernen!"

Wir müssen beide unweigerlich über die Ironie lachen. Noch näher kann sie mich doch eigentlich gar nicht kennenlernen.

Ich ziehe mich wieder an und versuche, meine Kleider zu ordnen, was mir in dieser absoluten Dunkelheit einige Mühe bereitet.

Die Fremde nimmt meine Hand und führt mich wie selbstverständlich wieder in Richtung Ausgang. Wie macht sie das bloß? Entweder, sie ist schon so oft hier gewesen oder … Aber so recht mag ich mir keine Gedanken darüber machen.

Als wir durch den zweiten Vorhang in die verrauchte Bar treten, muss ich trotz des schummrigen Lichtes blinzeln. So sehr hatten sich meine Augen an die Dunkelheit gewöhnt, dass ich geblendet bin. Ich bleibe abrupt stehen. Die Unbekannte wendet sich mir zu.

Jetzt erst kann ich die Frau betrachten, die mir dieses unbeschreibliche Erlebnis geschenkt hat.

Doch sie schaut durch mich hindurch, als wäre ich Luft.

„Du bist blind", entfährt es mir vor Überraschung.

„Ja", sagt sie und nickt. Ich habe den Eindruck, dass sie auf etwas wartet, doch dann sagt sie: „Ich wollte, dass wir beide die gleichen Chancen haben, uns kennenzulernen. Ich sehe zwar nichts, aber ich habe alle anderen Sinne ebenso wie du."

„Komm, wir können auch bei mir im Hotel anstoßen", stelle ich einem inneren Impuls folgend fest.

„Du hast mir deine Welt gezeigt. Jetzt möchte ich dir meine zeigen."

Sie lächelt mich strahlend an, und es ist das schönste Gesicht, das ich je betrachtet habe.

Ich halte ihre Hand und ziehe sie zum Ausgang der Bar.

- ihren sinnlichen schlanken Körper -

*T*age an der See

Das Licht der aufgehenden Sonne fällt durch die Spalte zwischen den fröhlich gelben Vorhängen auf mein Gesicht und kitzelt mir vorwitzig die Nase. Ich öffne meine Augen, wende den Kopf zur Seite und erblicke diese wundervolle nackte Frau neben mir. Ihre Lider sind geschlossen und sie atmet tief und ruhig.

Mein Blick verharrt auf ihrem makellosen, von kastanienroten Locken umrahmten, schlafenden Gesicht. Es schaut so friedlich aus. Ein starker Kontrast zu der feurigen Leidenschaft vor wenigen Stunden.

Sehnsüchtig denke ich an ihre Lippen. An ihre Zunge. Daran, was sie in der letzten Nacht mit mir gemacht hat. Etwas Intensiveres, Schöneres und Aufregenderes habe ich noch nie erlebt.

Die luftige Decke verhüllt nur mäßig ihren sinnlichen, schlanken Körper, und ihr nackter weicher Busen zieht meinen Blick magisch an.

Das Gefühl der samtigen Haut dieser weiblichen Rundung werde ich nie vergessen.

Nur schwer kann ich mich zurückhalten, sie zu berühren, während der Duft unserer langen und leidenschaftlichen Liebesnacht noch immer meine Nase umschmeichelt.

Doch ich will sie noch ein wenig schlafen lassen, bevor ich sie wecke, um ihr all das zurückzugeben, was sie mir die letzte Nacht gab.

Vorsichtig stehe ich auf, ziehe mir das Hemd über, das sie letzten Abend trug, und schiebe leise die Vorhänge der Balkontür beiseite.

Ich öffne sie und eine morgendliche frische Brise salziger Nordseeluft weht mir ums Gesicht, als ich hinaustrete.

Vor mir das Meer und der fast menschenleere Sandstrand. Sylt ist die perfekte Urlaubsidylle, um einige Tage zu entspannen.

Die Sonne ist vor wenigen Minuten aufgegangen. Ich beobachte das Glitzern ihrer schräg fallenden Strahlen im Wasser, während ich tief die frische Luft einatme. Unberührt säumt der frische und saubere Nordseesand nach der Nacht den breiten Streifen zwischen dem Meer und der bald von Urlaubern belebten Strandpromenade.

Ich genieße diese Minuten allein nur mit meinen Gedanken. Gerade jetzt fühle ich mich ganz und gar unbeschwert. Ich bin verliebt und glücklich und hoffe, dass sich dieser Moment für immer in mein Gedächtnis einbrennen wird.

Leise schleiche ich mich zurück ins Zimmer. Nachdem ich die Tür wieder hinter mir geschlossen habe, trete ich zum Bett, in welchem die Frau liegt, die ich mehr als liebe.

Vorsichtig setze ich mich neben Mareen und streichele ihr sanft über die Wange, womit ich ein leises, verschlafenes Brummen ernte.

Dadurch herausgefordert fährt meine Hand weiter herunter zu ihrer wahnsinnig erotisch geformten Brust. Sanft umkreise ich ihre Brustwarze, bevor ich mich langsam über sie beuge und meine Zungenspitze die Finger ablöst. Die feuchte Spur, die ich hinterlasse, führt langsam weiter nach unten.

Ich schiebe die Decke beiseite und widme mich ihrem überaus sensiblen Bauchnabel, den ich spielerisch umschmeichle.

Mareen entfährt das erste Stöhnen. Ihr Atem geht nicht mehr so ruhig, und ich weiß, dass sie wach ist. Doch sie rührt sich nicht. Sie genießt, und ich fühle, wie sie fast ungeduldig darauf wartet, was ich weiter mit ihr mache.

Ich drehe mich und knie neben ihrem Oberkörper, während meine Hände vorsichtig ihre Beine weiter spreizen. Dann senke ich genussvoll meine Lippen zu ihrer intimsten Stelle herab. Ich kann die erregte Feuchtigkeit an ihren Haaren glitzern sehen. Entweder ist es noch von der vergangenen Nacht, oder die Erregung ist durch meine morgendlichen Liebkosungen erneut geweckt worden.

Meine Lippen nähern sich ganz behutsam ihrer Scham und ich merke, wie Mareen den Atem kurz anhält. Die Luft zwischen uns knistert. Alles in meinem Körper prickelt. Noch einen Augenblick zögere ich. Sauge ihren betörenden Duft ein.

Wie wird sie schmecken?, frage ich mich in dem Moment, bevor meine Zungenspitze zwischen ihre leicht geöffneten Schamlippen gleitet, um vorsichtig, aber neugierig das erste Mal über ihren Kitzler zu fahren. Samtweich fühlt sie sich an. Feucht und glatt. Verführerisch.

Mareen kann ein lauteres, tieferes Stöhnen nicht unterdrücken, als ich langsam jeden Millimeter, jedes noch so kleine Fältchen ihrer empfindsamen Körperregion erkunde und ertaste.

Ihr intensiver weiblicher Duft und ihr Geschmack setzen mich in eine berauschende Trance. Ihre Erregung, ihre Reaktionen regen mich derart an, dass ich immer mutiger werde. Meine Zunge erforscht ihre lustvoll angeschwollene Perle. Ich tippe sie sachte an, umkreise sie, lecke über sie. Immer und immer wieder. Und mit jeder weiteren Berührung höre ich diese leidenschaftliche Frau heftiger atmen. Ich liebe das Stöhnen, das fast tierisch und unbeherrscht aus ihrem tiefsten Inneren aufsteigt. Das Heben und Senken ihres Unterleibes macht mich hemmungslos. Es zieht mich in seinen Bann. Ich fühle mich wie im Rauschzustand.

Doch unerwartet hält Mareen einen Moment inne und ich schaue irritiert hoch. Das süßeste Lächeln, das ich je sah, begrüßt mich mit den Worten: „Lass es uns zusammen tun."

Sie zieht mich über sich. Beinahe gleichzeitig spüren wir, wie unsere Zungen in unsere heißen Leiber eindringen, und ein lustvolles, atemberaubendes Liebesspiel beginnt.

Fast ist es so, als ob wir zu einem verschmelzen, während wir durch unsere unkontrollierte Leidenschaft immer weiter getrieben werden. Die Beherrschung völlig verlierend fühle ich, wie Mareens Körper sich plötzlich anspannt. Das Zucken und Zittern, das sie im nächsten Augenblick überkommt, durchströmt mich, und ich spüre, wie mein eigener Orgasmus mich in unbekannte Sphären mitreißt.

Als ich Stunden später zum zweiten Mal an diesem Morgen erwache, liegt Mareen neben mir auf dem Bett. Den Kopf mit der Hand stützend schaut sie mich liebevoll an.

„Du siehst so schön aus, wenn du schläfst", meint sie verträumt und lässt die Schmetterlinge in meinem Bauch erneut flattern.

Dann fällt mein Blick auf die Uhr an der Wand.

„Oh, wir müssen uns ein bisschen beeilen, sonst kommen wir zu spät zum Frühstück."

Die Erinnerung an ein reichhaltiges Sylter Frühstücksbuffet mit Garnelenschnittchen und anderen Leckereien, welche die friesische Küche zu bieten hat, lässt mir das Wasser im Munde zergehen. Jetzt erst bemerke ich, wie hungrig ich bin.

„Man kann wohl nicht nur von Luft und Liebe leben", stellt Mareen grinsend fest, und ich versinke glücklich in ihren bernsteinfarbenen Augen.

Der Speisesaal, den wir eine halbe Stunde später betreten, ist um diese Zeit noch recht gut besucht. Wir haben Glück, dass der runde Tisch am Ende des Promenadenfensters gerade frei wird. An diesem hatte am Vorabend unser gemeinsames Abenteuer begonnen. Er steht ein wenig abseits und durch ein Blumenarrangement von den anderen Tischen getrennt.

Während wir an unserem heißen Kaffee nippen, lasse ich meinen Blick über die nun geschäftige Promenade schweifen. Keine Spur mehr von der Ruhe, die kurz nach Sonnenaufgang herrschte. Das bunte Treiben der Urlauber hat nun jegliche Stille von diesem Ort vertrieben.

„Woran denkst du?", fragt Mareen und holt mich in die Wirklichkeit zurück.

„Daran, dass ich morgen früh wieder in meinem Büro sitzen werde und einer langen Woche entgegensehe", seufze ich wehmütig.

Mit ihren Augen zieht sie meinen Blick auf sich und lächelt.

„Wir haben doch vereinbart, nicht darüber zu sprechen. Wir genießen das Hier und Jetzt. Und alles Weitere kommt später."

Tapfer schüttele ich die traurigen Gedanken wieder ab.

„Liebste, kannst du uns noch ein paar der leckeren Pfannkuchen holen?", fragt sie, wie um mich abzulenken in diesem Moment.

Ich überlege nicht weiter, doch als ich an unseren Tisch zurückkehre, ist ein abenteuerliches Funkeln in ihren lebhaften Augen zu sehen, mit denen sie jede meiner Bewegungen in sich aufnimmt.

„Komm, setz dich doch hierher. Neben mich." Ein schelmisches Grinsen umspielt ihre vollen Lippen. „Wenn du mir gegenüber sitzt, bist du so weit weg", fügt sie unschuldig erklärend hinzu.

Was führt sie im Schilde?, frage ich mich, komme aber ihrem Wunsch nach und nehme neben ihr Platz.

„Würdest du bitte einen Pfannkuchen für mich mit Pflaumenmus bestreichen?"

Mareen scheint geradezu auf die Gelegenheit gewartet zu haben, dass meine Hände beschäftigt sind, denn sogleich spüre ich ihre Hand, die über meinen Oberschenkel weiter heraufwandert. Mit dem Daumen fährt sie mir über den Schritt, und ich spüre, wie meine Wangen anfangen zu glühen, als ich erröte. So frech hat mich noch nie jemand in der Öffentlichkeit berührt.

„Michaela ... ich hab schon wieder so wahnsinnige Lust auf dich", raunt sie mir verführerisch ins Ohr, noch bevor ich sie abwehren kann.

Während sie genüsslich in den Pfannkuchen beißt, streichelt sie mich unaufhörlich und aufreizend weiter.

Mit leichtem Erschrecken fühle ich, wie ihre Fingerspitzen den Reißverschluss meiner Jeans öffnen und ihre Hand in meine Hose fährt.

„Aber Mareen, wir können doch nicht …", versuche ich sie von ihrem vorwitzigen Vorhaben abzubringen. Doch der Finger, den sie auf ihre Lippen legt, bringt mich und meinen halbherzigen Widerstand zum Schweigen. Ich fühle die Wärme ihrer Hand durch den dünnen Stoff meines Slips, kurz bevor sich ihre Finger darunter schieben und über meine Schamhaare streicheln.

Ich kann ein Zucken nicht verhindern und versuche mir nichts anmerken zu lassen, als die nichts ahnende, freundliche Serviererin an unseren Tisch herantritt, um das leere Geschirr abzuräumen.

Währenddessen spüre ich Mareens freche Hand gänzlich in meinen Slip gleiten, wo sie mir langsam durch meine Schamhaare wandert. Ich versuche mein Erröten zu verbergen, indem ich mein Gesicht hinter meiner Tasse Milchkaffee verstecke.

Erleichtert atme ich auf, als die Serviererin mit den Tellern den Tisch verlässt. Inzwischen bin ich wahnsinnig erregt und sehne mich nach mehr.

Viel länger kann ich ein Stöhnen nicht mehr unterdrücken. Zu sehr reizt mich ihre Hand. Ich halte es nicht mehr aus.

Hastig schiebe ich meinen Stuhl zurück.

„Komm, wir gehen noch mal in unser Zimmer. Ich will dich noch einmal spüren."

Mareen erkennt sofort, welche Lust sich in meinem Gesicht widerspiegelt.

Sie folgt mir widerspruchslos in unser Hotelzimmer, das mit den gepackten und verschlossenen

Reisetaschen neben der Tür äußerst nüchtern wirkt. Bis auf das zerwühlte Bett erinnert nichts mehr an unseren Aufenthalt, an die leidenschaftlichen Stunden, die wir hier verbracht haben.

Aber ich weigere mich, jetzt an den Abschied zu denken.

Wir haben nicht mehr viel Zeit, bis wir das Zimmer verlassen müssen.

Nachdem ich die Tür von innen verschlossen habe, wende ich mich meiner Geliebten zu, die sich bereits ihrer Hose entledigt hat. Unsere restlichen Kleidungsstücke folgen ihr innerhalb kürzester Zeit auf den Fußboden.

Dann ziehe ich sie in meine Arme und wir schmiegen uns sehnsüchtig aneinander. Ihre Lippen suchen die meinen und wir verschmelzen zu einem traumhaft intensiven, innigen Kuss, von dem ich mir wünsche, er würde nie enden.

Die Hitze breitet sich sekundenschnell in meinem Körper aus, während sich meine Erregung immer mehr steigert. Mareens zärtliches Zungenspiel sendet geheimnisvolle Botschaften an meine untere Körperregion. Ein Eigenleben entwickelnd stößt meine Scham ungeduldig gegen ihren nackten Oberschenkel. Ich habe das Gefühl zu explodieren.

Solche triebhaften Reaktionen hat noch niemand zuvor in mir ausgelöst. Kein einziger meiner Ex-Freunde hat mich sexuell dermaßen angeregt, dass ich vor Lust und Sehnsucht nicht mehr klar denken kann. Überrascht von mir selbst, lasse ich mich gehen.

Ich dränge Mareen gegen die Wand neben der Zimmertür.

„Ich will dich ... jetzt", hauche ich ihr atemlos ins Ohr und gehe vor ihr auf die Knie.

Sie spreizt weit die Beine, um mir besseren Zugang zu verschaffen, und lehnt ihren Kopf nach hinten. Meine Finger öffnen sachte ihre Schamlippen und geben den Blick auf ihren verlockenden, nass glänzenden Kitzler frei. Ich bewundere ihn zu lange untätig, denn sie greift mir ungeduldig mit beiden Händen in die Haare und zieht mit einem Ruck meinen Kopf an sich. Meine Lippen umschließen ihre Perle und saugen zärtlich an ihr. Lautes Stöhnen sagt mir, dass sie jede meiner Berührungen in vollen Zügen genießt.

Rau leckt meine Zunge sie und steigert ihre Erregung. Ihre Beine beginnen zu zittern und ihre Finger verkrallen sich in meinen Haaren.

„Ich will dich in mir spüren! Bitte", seufzt sie.

Ohne nachzudenken dringe ich erst mit einem Finger ein, doch sie ist so feucht und weit, dass ich mich in ihr verliere. Vorsichtig nehme ich einen zweiten und einen dritten hinzu. Etwas ängstlich erst, weil ich befürchte, ihr weh zu tun. Aber ihre Reaktion zeigt etwas ganz anderes. Wild kommt sie mir entgegen. Es ist ein ungewohntes Gefühl zu spüren, wie sich ihre Muskeln um mich schließen, mich festhalten, während ich in immer schnellerem

Rhythmus ein- und ausgleite und meine Zunge unaufhörlich mit ihrem Kitzler spielt.

Ein lauter, befreiender Schrei begleitet ihren unaufhaltsamen Höhepunkt. Sie schwankt und lässt sich an der Wand herunterrutschen, bis sie nackt auf meinen Knien sitzt.

Sich einen Moment Ruhe gönnend hält Mareen mich in ihren Armen und wartet, bis sie wieder zu Atem gekommen ist.

Dann stößt sie mich nach hinten auf den Boden und kniet sich über meinen rechten Oberschenkel. Ihre heiße, feuchte Scham drückt sich auf mein Bein.

Sie stützt sich mit einer Hand neben meinem Kopf ab und streichelt mit der anderen meine erregte, harte Perle. Ich kann mein Becken nicht stillhalten. Ihre Berührung hält mich gefangen und bringt mich um den Verstand. Mein Atem geht laut und schwer, während ich mich ihr immer schneller entgegenbäume. Mit geschlossenen Augen gebe ich mich ihr bedingungslos hin.

„Sieh mich an", dringt ihre Stimme in mein Unterbewusstsein, doch es dauert einen Moment, bis ich die Worte begreife und meine Lider aufschlage.

„Sieh mich an", bittet Mareen erneut. „Ich will in deine Augen sehen, wenn du kommst."

Sie hält meinen Blick fest, während ihre Hand mich abheben lässt und ich die Welt um mich herum vergesse. Eine unsichtbare Kraft ergreift meinen Körper und lässt mich entspannt und zitternd nach einem intensiven Orgasmus zurück.

Eine Stunde später halte ich Mareen ein letztes Mal in meinen Armen. Uns beiden laufen salzige Tränen die Wangen herunter.

„Ich werde dich vermissen. Wann kann ich dich wieder sehen? Wirst du mit deinem Mann sprechen?" Ich könnte ihr noch tausend weitere Fragen stellen, aber die Zeit ist knapp, also beschränke ich mich auf diese beiden.

„Ich rufe dich morgen auf der Arbeit an, okay? Dann sage ich dir, wann wir uns das nächste Mal treffen können." Sie schaut mich traurig an.

„Liebste, du weißt, dass ich es meinem Mann jetzt nicht sagen kann. Er ist momentan so labil. Ich liebe dich. Aber ich kann mich jetzt noch nicht von ihm trennen. Ich brauche noch Zeit."

Einen flüchtigen Kuss auf meine Lippen hauchend, hebt sie ihre Reisetasche vom Boden, wendet sich ab und steigt in den wartenden Zug.

Schluchzend schaue ich diesem nach, als er den Bahnsteig verlässt, und lasse meinen Tränen freien Lauf. In wenigen Minuten werde auch ich in meinem Abteil sitzen und in mein alltägliches Leben zurückkehren.

In diesem Augenblick vibriert in meiner Hosentasche das Handy. Mit zitternden Händen das Mobiltelefon haltend lese ich: „Liebste, wir werde es schaffen, weil wir zusammengehören und uns lieben. Du bist das Schönste, was mir je passiert ist, und ich will dich nicht verlieren."

Mein Herz klopft. Ja, ich kehre in mein alltägliches Leben zurück, aber es ist kein einsames mehr, denn mein Abenteuer mit der Frau, die ich abgöttisch liebe, geht weiter.

- Bitte berühre mich! -

Wie es geschrieben stand

Nervös schließe ich die Tür meines Zugabteils, ziehe den Vorhang davor und setze mich auf einen der Sitzplätze.

Außer mir ist niemand hier. Genau, wie es geschrieben stand.

Ich spüre das aufgeregte Flattern in meinem Bauch. Mein Herz klopft wie wild.

Ich betrachte die Menschen auf dem beleuchteten Bahnsteig. Es sind wenige. Für diese Uhrzeit wohl normal. Schließlich ist es ja noch dunkel.

Ob sie wohl unter ihnen ist?

Hat sie mich beobachtet, mich begutachtet und geschaut, ob ich die Anweisungen befolge?

Oder saß sie vielleicht bereits im Zug, als er in den Bahnhof einfuhr?

Die Schritte im Gang werden immer weniger. Bisher hat niemand mein Abteil betreten. Die „Reserviert"-Schilder und Vorhänge halten die wenigen Mitfahrenden davon ab, zu stören. Sie gehen vorbei, um sich andere Plätze zu suchen. So, wie es geschrieben stand.

Ich beobachte den Zeiger der Bahnhofsuhr. Ich werde nicht mehr lange warten müssen.

Mein Blick wandert an mir herab. Die Kleidung ist ungewohnt für mich. Der Rock erscheint mir viel zu kurz. Ob ich wirklich das Richtige tue? Aber jetzt gibt es kein Zurück.

Ein Bahnbediensteter ruft etwas Undeutliches. Dann höre ich, wie die Türen geschlossen werden und sich der Zug langsam in Bewegung setzt.

Mit meiner Hand taste ich nach dem Brief in meiner Jackentasche. Ich muss ihn nicht lesen. Die Worte haben sich in meinen Kopf gebrannt. Jedes einzelne von ihnen.
Ich stehe auf und ziehe meine Jacke aus. Darunter trage ich nur den BH, den ich mir gestern gekauft habe. Er ist sorgfältig ausgewählt. Genau, wie es geschrieben stand.

Ich ziehe das weiche Tuch aus meiner Jackentasche, bevor ich sie ordentlich auf dem Sitz falte, auf welchem ich noch zuvor saß.

Langsam, mich gleichzeitig beruhigend, aber auch jede Sekunde genießend, treffe ich meine letzten Vorbereitungen. Die letzten, die mich von ihr trennen.

Gleich ist es so weit.
Ich lege den Schal über meine Augen und knote ihn an meinem Hinterkopf fest. Dann drehe ich

mich um und lege meine Hände auf das Fenster, so dass ich mich dort abstützen kann. Der Rock rutscht an meinen Schenkeln etwas höher, als ich sie leicht spreize.

Ich spüre das heftige Ziehen zwischen meinen Beinen, während ich warte. Sie erwarte und auf jedes Geräusch, dass von außen in mein Abteil dringt, lausche.
Schritte nähern sich. Nebenan wird nach einer Fahrkarte gefragt. Mein Herz rast jetzt. Ich bin drauf und dran, meine Position aufzugeben, mich mit meiner Jacke zu schützen.
Doch … die Schritte entfernen sich wieder. Erleichtert atme ich durch und stelle fest, dass ich den Atem vor Anspannung angehalten habe.
Meine Sinne sind aufs höchste Maß geschärft.

Die Tür wird plötzlich zur Seite geschoben. Ich habe sie gar nicht kommen hören. Eine Gänsehaut durchzieht meinen Rücken. Ich wage es nicht, mich zu bewegen … mich umzudrehen … will diesen Augenblick nicht zerstören.
Ich halte ganz still. So, wie es geschrieben stand.

Heißer Atem an meinem Nacken. Die ausstrahlende Hitze eines Körpers an meinem Rücken. Fingerspitzen, die meinen Rock über meinen nackten Po bis über die Hüften hoch schieben.

Sachte bewegen sich die Finger höher. Das Kribbeln zwischen meinen Schenkeln wird immer intensiver, während die Hände jetzt auch noch meinen BH hochschieben und meine Brüste entblößen.

Der kühle Lufthauch, der meine Brustwarzen umspielt, bringt mich für einige Sekunden in die Realität zurück.

Warum mache ich das? Warum liefere ich mich freiwillig dermaßen aus?

Als sich warme Lippen auf meinen Nacken drücken, und die warme, feuchte Zungenspitze meinen Rücken hinunterfährt, verwerfe ich die aufkommenden Fragen und gebe mich den wahnsinnig erotischen, erregenden Empfindungen hin, die meinen Körper durchfahren.

Ich wünsche mir mehr, aber sie spielt mit mir und lässt mich warten. Ich wage es nicht, mein Begehren zu äußern. Ich weiß, sie wird mir geben, wonach alles in mir lechzt. So, wie es geschrieben stand.

Plötzlich sind sowohl Hände als auch Zunge von meinem erregten Körper verschwunden. Habe ich etwas falsch gemacht?

Bitte berühre mich!, flehe ich in meinen Gedanken. Den Atem anhaltend warte ich aufs Äußerste gespannt, was sie tun wird.

Ohne Vorwarnung greift eine Hand in meine Haare. Noch im selben Moment dringen Finger in meine heiße Nässe. Mir entfährt ein lautes Stöhnen, und mein Atem beschleunigt sich schnell in dem Rhythmus, den sie mir mit ihren Fingern vorgibt. Ich registriere, dass auch ihr Atem an meinem Ohr sich beschleunigt.

Sie treibt mich immer weiter. Immer intensiver wird mein Begehren, dessen Entladung sich bereits nach wenigen Stößen ankündigt.

„Ja, komm schon", raunt sie mir leise und bestimmend ins Ohr, die Stimme heiser vor Erregung.

Meine Beine drohen, mir wegzuknicken, aber die Hand in meinen Haaren … das Knie, das sich mir unterstützend zwischen meine Schenkel schiebt … geben mir Halt. Ich gebe mich ihr völlig hin und spüre die Wellen, die sich meines ganzen Körpers mit einer intensiven Heftigkeit bemächtigen, und das Zittern meiner Beine.

„Fick mich! … Oh ja, fick mich!", schreie ich, kurz bevor ich von den Wogen überwältigt werde und mein ganzer Körper unter den Zuckungen wegsackt. Aber ich falle nicht. Sie hält mich, bis das Zittern meiner Beine langsam nachlässt, mein Atem und Herzschlag sich normalisieren.

Lautsprecherdurchsagen kündigen den nächsten Bahnhof an. Ich löse den Knoten der Augenbinde und drehe mich um. Das Abteil ist leer.

Hastig rücke ich meine Kleidung ordentlich und ziehe meine Jacke an, als der Zug am Gleis einfährt.

Während ich lächelnd auf den Bahnsteig hinaustrete, ertasten meine Finger den Zettel in meiner Tasche.

„Ich danke dir für das Abenteuer, Liebling. Das Auto steht am Bahnhof in der Tiefgarage. Der Frühstückstisch ist schon gedeckt. Warte daheim auf dich."

Ich freue mich auf sie. Für das nächste Mal werde ich mir etwas ganz Besonderes ausdenken … für sie.

Ich fahre heim … zu meiner Frau.

So, wie es geschrieben stand.

- nackte, erhitzte Haut -

*H*üttenzauber

Ich atme die eiskalte frische Luft ein und blinzele ins Sonnenlicht. Hier in den schneebedeckten Bergen fühle ich mich absolut befreit und losgelöst vom Berufs- und Alltagsstress. Mein Blick auf Elli, die mit geschlossenen Augen die Strahlen der Nachmittagssonne genießt, sagt mir, dass es ihr ebenso geht.

Erst seit zwei Tagen sind wir auf den Pisten unterwegs. Und schon setzt die ersehnte Entspannung ein. Die frische Luft, die körperliche Belastung und die Konzentration auf das Skifahren machen den Kopf so richtig frei. Ich könnte laut schreien vor Freude.

„Was ist?", fragt Elli mich schmunzelnd. Die von der kalten Luft und Anstrengung des letzten Pistenabschnitts geröteten Wangen und das Glitzern in ihren dunkelbraunen Augen lassen mich auch jetzt nach zehn Jahren, die wir schon unser Leben teilen, auf der Stelle wegschmelzen.

„Ich liebe dich", rufe ich ihr zu und ernte ein strahlendes Lächeln.

„Ich dich auch, Liebling! Aber jetzt lass uns weiterfahren, damit wir vor Einbruch der Dunkelheit wieder in der Hütte sind und uns anderen Vergnügungen stellen können." Sie zwinkert mich unternehmungslustig an.

Es beginnt zu dämmern, als unser Blockhaus in Sicht kommt.

„Wer als Erste unten ist ...", beginnt Elli und schaut mich herausfordernd an.

„... der darf die Verliererin heute Abend nach Belieben verführen", beende ich den Satz und fahre lachend, noch bevor sie reagieren kann, los. Ich weiß nur zu gut um ihre Abfahrkünste. Es ist meine einzige Chance zu gewinnen, wenn ich sie austricksen kann.

Mit einem leicht entrüsteten Aufschrei folgt sie mir. Ein Blick über meine Schulter macht mir bewusst, dass sie in einem halsbrecherischen Tempo näherkommt.

„Gleich hab ich dich!", höre ich ihren Angriffsruf, der nur so von Siegesgewissheit strotzt. Nur noch wenige hundert Meter bis zum Ziel. Ich kann es schaffen, denke ich. Mein Ehrgeiz lässt mir Flügel wachsen, und ich gewinne ein wenig an Vorsprung.

Als ich wieder nach hinten blicke, sehe ich plötzlich eine Skifahrerin von rechts genau auf meine Freundin zufahren. Diese hingegen scheint sie nicht bemerkt zu haben, da ihre Augen nur auf mich fixiert sind. Wie ein Raubtier auf seine Beute.

Dann geht alles zu schnell. Noch bevor ich sie warnen kann, ertönt ein gellender, entsetzter Schrei. Ellis Blick fährt herum. Ungläubig starrt sie die Fremde für einen Sekundenbruchteil an. Zum Bremsen ist es längst zu spät. Im nächsten Augenblick prallen die beiden Frauen aufeinander und gehen zu Boden.

Abrupt stoppe ich, befreie mich von meinen Brettern und laufe die Strecke zu den beiden herauf, die sich langsam sammeln und ihre Glieder sortieren.

Als ich oben ankomme, steht Elli bereits und klopft sich den Schnee aus den Kleidern.

„Süße, alles in Ordnung mit dir?", frage ich besorgt, doch sie lacht mich an.

„Ich hätte dich noch gekriegt!" Damit ist meine Frage ausreichend beantwortet.

Dann wendet sie sich der Fremden zu, die mit einem leicht schmerzverzerrten Gesicht am Boden sitzt.

„Hallo. Ich bin Elli. Und das ist meine Freundin Helena." Mit einem leichten Kopfnicken zeigt sie auf mich. „Alles okay bei dir? Hab dich gar nicht ankommen sehen."

„Sophie", stellt sich die Fremde ein wenig zerknirscht vor. „Der Zusammenstoß tut mir unendlich leid." Der leichte französische Akzent in ihrer Sprache ist unverkennbar.

„Ach, das macht doch nix. Ist ja nichts passiert", lächelt Elli und streckt ihr die Hand entgegen.

Die andere ergreift sie und versucht aufzustehen, doch wieder verzieht sie vor Schmerz ihr Gesicht.

„Mein Knöchel tut weh. Wahrscheinlich verstaucht." Sie blickt ein wenig hilflos der untergehenden Sonne entgegen.

„Es wird jetzt dunkel. So schaffe ich es nie bis zur Station runter. Merde!"

Elli schaut mich fragend an. Wie immer verlässt sie sich darauf, dass ich die Situationen meistere, die sich augenscheinlich etwas komplizierter darstellen.

„Kommen Sie, wir helfen Ihnen auf. Da vorne ist unsere Hütte. Ich würde vorschlagen, Sie bleiben die Nacht bei uns. Den Knöchel stellen wir ruhig. Vielleicht ist es ja gar nicht so schlimm, wie es im ersten Moment ausschaut. Und Sie können morgen wieder auf den Skiern stehen."

Ein zaghaftes, erleichtertes Lächeln erscheint auf ihrem Gesicht.

Mit vereinten Kräften helfen wir ihr auf die Beine. Während Elli drei Skipaare und die dazugehörenden Skistöcke aufsammelt, stütze ich Sophie bei unserem langsamen Abstieg zur Hütte. Es bereitet mir kaum Mühe. Sie ist kleiner als ich und zierlich. Ihren schlanken Arm über meine Schulter gelegt hält sie sich an mir fest.

„Ich weiß nicht, was passiert ist", erklärt sie immer noch peinlich berührt von dem misslichen Zusammenprall mit meiner Liebsten. „Plötzlich waren die Skier außer Kontrolle. Sie haben gemacht, was sie wollten. Und ich war wie gelähmt und konnte nicht anhalten."

Nach einer mir endlos vorkommenden Zeit, die wir durch den tiefen Schnee stapfen, erreichen wir endlich die Hütte im letzten Licht der Dämmerung.

Im Vorraum entledigen wir uns der schweren steifen Skischuhe und der dicken Winterjacken. Während Elli das Feuer im Kamin entfacht, beschaue ich mir Sophies Knöchel. Leicht angeschwollen, aber nicht gebrochen, stelle ich erleichtert fest. Es wäre schwierig geworden, sie jetzt bei Nacht zum Krankenhaus im Tal zu bringen.

„Werden Sie von jemandem im Tal erwartet? Ich meine, müssen Sie jemandem Bescheid sagen, dass Sie über Nacht hier bleiben werden?"

Sophie schüttelt den Kopf. „Nein, ich bin allein hier. Allein, weil ich versuchen muss, Klarheit zu finden …" Ich warte, doch sie setzt den Satz nicht fort.

Einige Stunden später, während draußen ein eiskalter Wind bläst und Neuschnee die Pisten bedeckt, knistert in unserer Hütte das brennende Holz im Kamin und verbreitet eine angenehm kuschelige Wärme im ganzen Raum. Nach einer heißen Dusche und einem gemeinsam zubereiteten guten Mahl fühlen wir drei uns sehr behaglich und beginnen, diese unverhoffte Begegnung mit einem Glas Rotwein zu genießen.

Auf den großen weichen Rentierfellen haben wir vor dem lodernden Kamin Platz genommen. Sophie hält ihr Bein ausgestreckt und der schneeweiße Verband bildet einen Kontrast zu ihrem nackten, leicht gebräunten Fuß.

„Warum bist du allein im Winterurlaub?", fragt meine Freundin sie in diesem Moment neugierig, und ich beende die Betrachtung ihrer wohlgeformten Füße. Im flackernden Licht des Feuers, der einzigen Lichtquelle, die den Raum beleuchtet, beobachte ich die Veränderungen ihrer Mimik, während sie nach einer Antwort sucht.

„Mein Freund und ich haben uns eine Auszeit gegönnt. Vielmehr könnte ich aber sagen, dass ich mir diese Pause genommen habe, weil meine Gefühle in der letzten Zeit etwas durcheinander geraten sind. Ich weiß nicht, ob wir noch länger zusammenbleiben können. Ich empfinde zwar noch tiefe Freundschaft und Vertrautheit für ihn. Aber die Schmetterlinge, die früher in meinem Bauch geprickelt haben, ließen sich schon seit Ewigkeiten nicht mehr blicken." Sie schaut mir direkt ins Gesicht, bevor sie weiterspricht.

„Es fühlt sich an, als wäre ich auf der Suche. Einer Suche nach mir selbst. Es ist so schwer auszudrücken. Ich habe auch noch nie mit jemandem darüber gesprochen." Ihre Augen betrachten mich intensiv und ein wenig abschätzend, und ich halte ihrem Blick stand.

„Ihr seid ein Paar, oder?" Ihre Frage trifft mich etwas unvorbereitet. Ich weiß nicht genau, worauf sie hinaus will.

„Ja, wir sind seit 10 Jahren zusammen."

„Ich hatte bisher nur Beziehungen mit Männern. Aber in den letzten Jahren sehne ich mich immer mehr danach, zärtlich mit einer Frau zu sein. Ich habe mit meinem Freund darüber gesprochen, und Frederik war der Ansicht, dass ich diesem Verlangen nachgehen sollte. Denn ich würde mir sonst nur Vorwürfe machen, es nicht ausprobiert zu haben. Und jetzt bin ich hier, um mir selbst gegenüber klarzuwerden, was ich eigentlich will und wie meine nächsten Schritte aussehen werden."

„Wie stellt sich die Sehnsucht dar? Ich meine, woran machst du es aus?", fragt Elli interessiert.

„Wenn ich im Fernsehen Frauenpaare zusammen sehe, regt es mich sehr an, wie sie miteinander umgehen, wie sie sich berühren. Nachts träume ich immer öfter davon, von einer Frau geliebt zu werden." Obwohl ihr Gesicht nur vom Kaminfeuer beleuchtet wird, kann ich sehen, dass sie an den Wangen errötet. Um diese Situation zu überbrücken, greift sie nach ihrem Glas und trinkt den letzten Schluck. Ihre schlanken langen Finger halten das leere Glas einen Moment umklammert, bevor sie es auf dem Tablett absetzt, welches in der Mitte zwischen uns liegt.

Sie hat schöne Hände, denke ich und schaue weg. Ich fange Ellis Blick auf und weiß sofort, was sie gerade denkt. Oft haben wir schon darüber gesprochen, wie es wäre, eine andere Frau zu lieben, gemeinsam zärtlich zu ihr zu sein. Aber bisher fehlten die passende Frau sowie die richtige Gelegenheit. Ist sie nun etwa da?

Die Frage steht in den Augen meiner Freundin, und ich nicke bedächtig langsam, während mein Blick ernst auf ihr ruht. Aber wird Sophie, die reizvolle Französin, auch mitmachen? Will sie es als Chance sehen, ihre Sehnsucht nach einer Frau zu stillen?

Ich schenke uns allen noch etwas Wein nach, und als Sophie nach dem Glas greift, berühren sich unsere Fingerspitzen und sie streichelt mit den ihren einige Sekundenbruchteile über meine. Dann scheint sie erschreckt über ihre eigenen Gedanken zurückzuzucken, und ihr Blick wendet sich Elli zu, die ebenfalls diese winzige Berührung registriert hat.

Dies ist der Moment, in welchem alles unaufhaltsam seinen Lauf nimmt. Noch immer die Weinflasche in der Hand haltend sehe ich zu, wie meine Liebste der fremden Frau sachte die Konturen ihres schmalen, hübschen Gesichtes nachzeichnet. Die Lippen leicht geöffnet genießt diese die Berührungen mit geschlossenen Augen.

Die Fingerspitzen fahren den Hals weiter nach unten. In eine dicke weiche Wolldecke gehüllt trägt Sophie nach der Dusche nur meine kuschelige bordeauxrote Wollstrickjacke und einen schwarzen Slip.

Als Elli langsam anfängt, die großen Knöpfe des Oberteils zu öffnen, scheint sie für einen Moment aufgeregt den Atem anzuhalten. Ich schlucke. Rechne beinahe damit, dass sie meine Liebste aufhält, doch nichts dergleichen geschieht. Ich kann meine Augen nicht abwenden vom dem Bild, das sich mir bietet. Noch nie habe ich gesehen, wie Elli eine Frau auf diese Weise berührt.

Die Jacke gleitet langsam von Sophies Schultern und entblößt ihre zarte, leicht gebräunte Haut. Elli rückt näher zu ihr, beugt sich vor und küsst ihren kleinen, festen und wunderschön geformten Busen, der unter dem Stoff zum Vorschein gekommen ist.

Wie von einer unsichtbaren Kraft angetrieben, nähere ich mich den beiden Frauen. Im Hintergrund ertönen die Fugees schmachtend mit „Killing Me Softly" aus dem CD-Player, als ich mich von hinten gegen Elli dränge, deren Zungenspitze immer wieder langsam und lustvoll über Sophies Brustwarze fährt, bis diese sich vor Erregung hart aufrichtet.

Mein Schamhügel drückt sich an ihren festen, mir so vertrauten Po, während meine Hände sich unter ihr Shirt schieben und über ihre erhitzte Haut streicheln. Ihr entfährt ein lustvolles Stöhnen, welches meine Sinne noch weiter anregt. Sie hält inne und hilft mir, ihr das Kleidungsstück auszuziehen. Dann ist sie wieder bei Sophie und lässt diese mit leichtem Druck ihrer ausgestreckten Hand rücklings in die Rentierfelle gleiten. Die Augen der Französin suchen die meinen und halten mich fest. Ein Ausdruck von wilder Abenteuerlust vermischt mit einer zaghaft schüchternen Neugierde. Sie beobachtet mich, während meine Hand von oben vorne in Ellis Boxershorts fährt und diese erregt aufstöhnen lässt.

Mit der Linken greife ich in Ellis wild zerzauste Haare und halte sie in dieser aufrechten Position über unserer Beobachterin kniend fest.

Meine Fingerspitzen fahren über ihren feuchten, samtweichen Kitzler und streicheln sie immer intensiver, während Sophies Hände sich erst vorsichtig auf die Brüste meiner Liebsten legen, um sie dann mit der Steigerung der gegenseitigen Erregung zu massieren.

Immer heftiger windet Elli sich in unserer Mitte. Ihr Oberschenkel drückt sich schneller werdend zwischen die Schenkel der Französin. Die lüsterne Leidenschaft steigert sich ins Unermessliche.

Das letzte Lied der CD verklingt, das Feuer verursacht kleiner werdende Schatten, bevor nur noch ein Glimmen der Holzscheite übrig bleibt und die Dunkelheit den Raum einhüllt. Doch der Bann unserer Leidenschaft hält uns zu gefangen, um wahrzunehmen, was um uns herum geschieht.

Zu stark pulsiert die Stimmung zwischen uns vor erregter Elektrizität.

Die Stille dieser schneebedeckten Winternacht ist angefüllt von unserem immer lauter werdenden Atem, vom gelegentlichen lustvollen Stöhnen der einen oder anderen.

Die Dunkelheit, die uns umgibt, lässt die letzten Hemmungen schwinden. Hüllen fallen. Nackte, erhitzte Haut schmiegt sich aneinander. Überall an meinem Körper spüre ich die Berührungen von streichelnden, massierenden Fingern, warmen Lippen und heißen, feuchten Zungen.

Ich knie über Sophies zierlicher Gestalt. Meine Brüste streifen über ihren Bauch, bevor ich ihre angewinkelten Schenkel spreize und mich auf sie hinabsenke. Ihr leicht gestutztes Schamhaar kitzelt mein Gesicht, bevor meine Lippen ihre betörende Nässe aufnehmen.

Ein leichter überraschter Aufschrei entfährt ihr, als meine Zunge zum ersten Mal ihren Kitzler berührt. Ihre Mitte bäumt sich mir entgegen und verlangt nach mir. Sie massierend, mit ihr spielend, treibe ich uns immer mehr in den Strudel der Lust. Halt suchend umfassen ihre Hände meine Oberschenkel. Sie zieht meinen Unterleib zu ihrem Gesicht herunter. Heißer Atem trifft meine geöffneten Schamlippen und jagt mir heftige Schauer durch den Körper. Ich will mich gegen sie pressen. Will, dass ihre Zunge mich leckt.

Plötzlich fahren mir Fingernägel kratzend über den Rücken. Der anfängliche Schmerz verwandelt sich augenblicklich in Gier. Die Gier nach mehr.

Elli kniet hinter mir. Ihre Hand greift nach meiner Schulter, hält mich fest, während Finger ohne Vorwarnung von hinten in mich stoßen. Ich kann nicht sagen, ob es zwei oder gar mehr sind. Ich fühle mich so weit. So erregt. So geil.

Unsere aneinandergepressten bebenden Körper sind erhitzt. Ein dünner Schweißfilm bedeckt die Haut und lässt uns samtweich übereinandergleiten.

Wie im fiebrigen Wahnsinn treiben wir leckend, stöhnend, fickend einem Höhepunkt entgegen, bis wir bebend und zitternd atemlos ineinander verschlugen in einen tiefen traumlosen Schlaf sinken.

- Ketten, die mich halten -

*D*as Shooting

Immer wieder schaue ich nervös auf die Visitenkarte in meiner Hand, während ich auf den Fahrstuhl warte, der mich zu ihr bringen wird.
Noch weiß ich nicht wirklich, worauf ich mich da
eigentlich eingelassen habe.
Als sie mir vor einigen Monaten beim Kölner CSD
in der Menschenmenge ihre Karte zusteckte, mein-
te sie, ich sei das perfekte Modell für ihre neue Fo-
to-Session von Fetisch-Bildern.
Millionen von Besuchern bei der Kölner Parade.
Ein buntes, schrilles, gigantisches Treiben der un-
terschiedlichsten Menschen. Und sie hatte ausge-
rechnet mich ausgewählt. Aber warum? Noch nie
hatte ich den Wunsch gehabt, mich in Posen dar-
zustellen, mich in der Öffentlichkeit zu präsentie-
ren. Schon gar nicht nackt, in Lack und Leder oder
gar gefesselt. Spontaneität und Experimentierfreu-
de zählen nicht gerade zu meinen stärksten Eigen-
schaften.
Dennoch, etwas reizte mich bei dem Gedanken,
diese Fotos zu machen. Oder war es sie, die mich
in Wirklichkeit reizte?

Deutlich erinnere ich mich an unsere erste und
bisher einzige Begegnung.

Da stand ich in einer Traube von Menschen und wartete auf die Parade. Wir waren zu dritt, und meine Freundinnen waren in ein Gespräch vertieft. Mit den Augen suchte ich das feiernde Durcheinander um mich herum nach bekannten Gesichtern ab, als sich plötzlich eine warme Hand mit sanftem, aber bestimmendem Druck auf meine nackte Schulter legte. Überrascht fuhr ich herum und schaute direkt in diese wunderschönen blauen Augen. Ihre sinnlichen Lippen lächelten mich herzlich an.

Verwechselt sie mich?, fragte ich mich noch im ersten Moment. Doch da schob sie mir schon diese besagte Visitenkarte in die Hand, wodurch sie meine Verwirrung noch erhöhte.

Sie wirkte so selbstsicher, und ich stelle im Nachhinein ein wenig beschämt fest, dass ich bei unserem kurzen Gespräch auf der Straße kaum den Mut fand, ihr in die Augen zu schauen.

„Nein, solche Fotos sind nichts für mich", erklärte ich zaghaft und versuchte, ihr das kleine Kärtchen zurückzugeben. Doch sie wehrte mit einer entschiedenen Handbewegung ab und bedachte mich mit einem geheimnisvollen Lächeln.

„Behalten Sie die Karte. Und falls Sie es sich noch anders überlegen … call me", bemerkte sie und wandte sich zum Gehen.

„Das werde ich sicher nicht", wollte ich ihr noch hinterherrufen, aber sie war bereits in der Menschenmenge entschwunden, ohne noch einen Blick zurück zu werfen.

Sie hatte Recht behalten.
Nun stehe ich mit zittrigen Beinen vor dem Aufzug. Ich will kein Zurück mehr.

Der Gedanke an sie hatte mich nicht losgelassen. Und so kramte ich tatsächlich Wochen später diese Visitenkarte erneut hervor, um mich im Internet über die Fotografin und ihre Bilder zu informieren. Selbst durch den Monitor wirkte ihre erotische Ausstrahlung, mit der sie mich gleich in ihren Bann gezogen hatte, sehr anziehend auf mich. Aber nicht nur sie selbst, sondern auch ihre Werke faszinierten mich, weckten einen enormen Reiz in mir, ohne dass ich mich dagegen wehren konnte.
Das schwarze Leder, die glänzenden silbernen Ketten im Kontrast zur weichen, weiblichen Haut spielten mit meinen Sinnen. Es kitzelte geradezu eine mir bisher unbekannte Sehnsucht aus meinem Unterbewusstsein hervor. Und mir war mit einem Mal bewusst, dass ich diesem Verlangen nachgehen wollte.
Nie hatte ich mich zuvor mit der Idee befasst, dass ich es erotisch finden könnte, gefesselt zu sein. Und jetzt beherrscht plötzlich der Wunsch, ihr ausgeliefert zu sein, meine Gedankenwelt und lässt mich nicht mehr los.

Per Mail haben wir kommuniziert, gegenseitige Vorstellungen abgeklärt und diesen Termin vereinbart.

Es waren ihre Vorstellungen. Ich selbst hatte mir bis dahin noch keine konkreten Gedanken gemacht. Wahrscheinlich hätte ich allem zugestimmt, um ihr nahezukommen, sie kennenzulernen. So groß war ihre Anziehungskraft auf mich.

Der Fahrstuhl bringt mich zügig in das oberste Stockwerk.

Die Aufregung in mir steigt mit jeder Etage, die der Aufzug passiert. Was werde ich empfinden, wenn ich ihr jetzt gleich real gegenüberstehe? Werde ich meine Scheu bekämpfen und über meinen Schatten springen können? Gibt es eine erotische Spannung zwischen einer Fotografin und ihrem Modell? Viele Fragen schwirren mir im Kopf herum, während meine Augen auf die Etagen-Anzeige geheftet sind.

Mit einem leichten Ruck hält er an, und die Tür gleitet beinahe lautlos auf.

Im Gegensatz zu dem von mir erwarteten geschäftsmäßigen Studiolicht empfängt mich ein gemütlicher Salon.

In warmen Farben und mit einladendem, weichem Licht lädt er dazu ein, näherzukommen.

Zaghaft betrete ich den Raum, als sie bereits selbstbewussten Schrittes aus einem der Nebenzimmer auf mich zukommt und mich mitten in der Bewegung bewundernd innehalten lässt.

Die eng anliegende schwarze Lederhose und das weiße Top vervollständigen mein Bild von dieser faszinierenden Frau.

Sie reicht mir zur Begrüßung die Hand und lächelt. Ich folge ihr wie elektrisiert zu einer kleinen Sitzgruppe. Ihr angenehmer Duft, der eine leichte Spur hinterlässt, umschmeichelt meine Nase.

Ich bin total verwirrt und kann nicht verstehen, wie jemand, der mir völlig unbekannt ist, solche Gefühle in mir auslösen kann. Aber ich will auch nicht weiter darüber nachdenken. Jede Faser meines Körpers sehnt sich nach ihr. Sie erregt mich. Ich will von ihr berührt werden.

Wir sitzen uns gegenüber und sie erklärt mir, welche Aufnahmen sie sich für ihr Shooting vorstellt.

Ihre rauchige, tiefe Stimme vibriert durch meinen Körper. Die einzelnen Worte verschwimmen, während ich ihr wie hypnotisiert auf die vollen Lippen starre.

Sie erhebt sich, tritt zu mir. Ihre zartgliedrigen Hände legen sich auf die Armlehnen meines Sessels und ihr Mund kommt immer näher. Ich kann ihren Atem auf meiner Haut spüren, als sie leicht ihre Lippen öffnet und ihre Zungenspitze ganz sacht über die meinen fährt. Ich erschaudere.

„Mhm … du schmeckst so gut!"

Ich stutze, wache aus meinem Tagtraum auf. Schaue sie einen Moment irritiert an.

Hat sie das gerade wirklich gesagt?

Ich suche in ihren ultramarinblauen strahlenden Augen einen Hinweis. Sie hat sich nicht von ihrem Sitz gerührt.

Mit unergründlicher, geschäftsmäßiger Miene erklärt sie mir, dass wir jetzt ins Studio gehen werden und mit den Aufnahmen beginnen wollen.

Das Erste, was mir auffällt, als wir den Arbeitsbereich gemeinsam betreten, ist die Hitze, die in diesem Raum herrscht.

Das Studio ist groß und spartanisch eingerichtet. Bis auf eine Trennwand, einen modernen Schreibtisch, einige riesige externe Blitzlichter und die verschiedenen Fotoapparate erscheint es mir leer.

„Dort kannst du dich entkleiden", sagt die Fotografin und deutet auf das Paravent in einer Ecke des Raumes. „Bitte lasse die schwarze Reizwäsche erst einmal an. Ich möchte, dass du dich langsam beim Fotografieren akklimatisieren kannst."

Während ich zögerlich meine Kleider ablege, höre ich, wie sie ihre Kameraausrüstung vorbereitet.

Unweigerlich schweifen meine Gedanken ab. Meine Brustwarzen richten sich bei der Vorstellung auf, sie möge hinter die Stellwand treten, mich ohne größere Umschweife entkleiden, um mich streichelnd und küssend unendlich langsam zur Raserei zu treiben.

Verwundert über mich selbst schüttele ich den Kopf. Was hat diese Frau mit mir gemacht, dass ich so auf sie reagiere? Oder hatte ich einfach schon zu lange keinen Sex mehr?

Trotz meiner Verlegenheit muss ich etwas schmunzeln, als ich hinter dem Paravent hervortrete.

Etwas unbeholfen stehe ich entblößt in der Mitte des Raumes, während sie ihre Kamera noch am Stativ befestigt.

Dann wendet sie sich zu mir um und schaut mich direkt an. Ein Glitzern, das ich nicht zu deuten vermag, erscheint in ihren Augen, während ihr Blick über meinen Körper wandert.

Dem Drang, meine Blöße mit meinen Händen zu verdecken, widerstehend, halte ich reglos ihrer Begutachtung stand.

„Wunderschön … perfekt …", lautet ihr einziger Kommentar, und ich schmelze bei dem Klang ihrer Stimme dahin.

„Streck deine Hände vor." Es klingt, obgleich sanft ausgesprochen, wie ein Befehl und jagt mir ein erotisches Kribbeln durch den Körper. So etwas habe ich bei Worten noch nie empfunden.

Mit Bedacht legt sie mir Handfesseln aus schwarzem Leder an, welche sich weich um meine Handgelenke schmiegen. Sie ist mir dabei so nah, dass ich mich nur ein wenig vorbeugen müsste, um sie küssen zu können. Doch ich widerstehe dem Wunsch.

„Setz dich rittlings auf den Stuhl." Mit einer Handbewegung deutet sie auf den Stuhl vor der nackten geweißten Wand.
Ich tue wie mir geheißen.
Das Lederpolster unter mir ist angenehm kühl. Ich fühle ihre warmen Hände, als sie meine hinter den Rücken führt und die Handfesseln dort miteinander verbindet.
Mit Worten bringt sie mich in die richtige Position. Mein Herz klopft. Ich bin aufgeregt.
Wie werde ich auf den Fotos wirken? Ob sie darauf erkennen kann, wie sehr ihre Anweisungen mich anregen?
Dann tritt sie zurück und begutachtet prüfend ihr Werk. Ich beobachte, wie ein geradezu gieriger Ausdruck in ihren Augen erscheint.
Die Sekunden vor dem ersten Bild sind von unser beider Anspannung erfüllt.
„Schau nach vorn gegen die Wand!" Wieder dieser sanfte, aber bestimmte Befehlston in ihrer Stimme, der ein lustvolles Schaudern durch meinen Körper jagt.
Gespannt halte ich den Atem an und höre, wie die Kamera auslöst. Immer wieder.

„Zieh dich jetzt ganz aus und knie dich dort drüben mit dem Rücken an den Pfeiler", sagt sie, während sie mich losbindet. Ich stehe auf und zögere einen Moment. Es ist mir ein wenig unangenehm, mich jetzt komplett zu entkleiden. Solange ich, wenn auch nur mit String und BH, bekleidet war, fühlte ich mich nicht völlig entblößt. Aber ich komme ihrem Wunsch nach.

„Rutsch näher", weist sie mich an, als ich vor der Säule knie. „Lehn deinen Rücken gegen das Metall und strecke deine Hände über deinem Kopf nach oben."

Ich versuche, alles genau zu befolgen.

Kalt drückt sich das Eisen gegen meine Haut. Ich verkneife mir einen leisen Aufschrei.

Oben an der Säule ist eine Kette befestigt, an welcher sie meine Handfesseln mit einem Kletterhaken befestigt.

„Jetzt lehn deinen Kopf zurück."

Einen Moment beobachtet sie mich.

„Schließ deine Augen. Entspann dich."

Wieder drückt sie auf den Auslöser. Ich entnehme den Geräuschen, dass die Entfernung und der Blickwinkel zwischendurch variiert werden.

Dann erfüllt für einige Zeit absolute Stille den Raum.

Schritte nähern sich mir. Ich wage es nicht, meine Augen zu öffnen. Spüre, wie zärtliche Fingerspitzen über meine Arme abwärts gleiten. Immer tiefer.

Hände beginnen, meine entblößten Brüste zu massieren. Finger umkreisen sanft meine Brustwarzen, die sich ihnen lustvoll entgegenstrecken.

Mit der Zungenspitze fahre ich mir über die Lippen. Befeuchte sie.

Ich schlucke. Mein Herz klopft wie wild.

Plötzlich sind die Hände jedoch wieder weg. Geradezu enttäuscht seufze ich auf.

„Ich werde dir jetzt die Augen mit einem Schal verbinden."

Ihre Stimme klingt sachlich und beherrscht. Sie steht unmittelbar vor mir.

Ich richte meinen Kopf auf. Wie angekündigt legt sich ein weicher Stoff über meine Augen. Und obgleich ich sie einen Spalt öffne, sehe ich nichts. Ein Gefühl von Ausgeliefertheit steigt in mir auf. Ich bin gefesselt, und meine Augen sind verbunden. Sie hat mich völlig in ihrer Hand.

Mit einem Mal wird mir bewusst, worauf ich mich hier eingelassen habe. Doch statt mich zu fürchten, erregt es mich. Es macht mich wahnsinnig zu ahnen, was sie jetzt mit mir machen könnte.

„Du bist so absolut verführerisch. Ich würde zu gern hören, wie du zu einem Höhepunkt kommst", raunt sie mir kaum hörbar ins Ohr. Oder habe ich das wieder nur geträumt?

Ich weiß es nicht. Und im nächsten Moment höre ich wieder die Geräusche der Kamera.

Nach einer Weile bindet sie schließlich meine Hände los. Es ist ein erleichterndes Gefühl, die Arme herunternehmen zu können. Sie wartet einige Zeit, bis ich meine Muskeln gelockert habe, bevor wir weiterarbeiten.

„Dreh dich zur Säule um. Umfasse sie mit deinen Armen." Während ich tue, was sie von mir möchte, höre ich Kettenrasseln. Kein helles glockenartiges … sondern tief und schwer. Sie befestigt die Glieder über meinem Kopf. An dem Haken, an dem ich noch vor wenigen Augenblicken gefesselt war, nehme ich an.

Das Geräusch von Metall auf Metall verursacht mir eine Gänsehaut.

Noch bevor die Kette meine Haut trifft, mache ich mich auf die Kälte gefasst. Doch mit Erstaunen stelle ich fest, dass sich eine wohlige Wärme in mir ausbreitet. Langsam und bedächtig schlingt sie die Kette um meinen Körper und den Pfeiler.

Ich höre ihre Schritte auf dem Holzboden, als sie einige Meter zurücktritt. Ich spüre ihren Blick auf mir. Wie er über meine Haut wandert. Jeden Zentimeter in sich aufnimmt.

„Spreiz deine Beine etwas weiter!" Ihre Stimme vibriert. „Streck deinen Po mehr raus."

Sofort versuche ich, die geforderte Position einzunehmen.

Ich höre sie im Hintergrund mit ihrer Kamera arbeiten. Verliere das Zeitgefühl.

Meine Gedanken driften ab.

Sie ist ganz nah. Ich spüre ihren Atem an meinem Nacken.

Eine Hand greift in meine Haare und zieht meinen Kopf nach hinten. Die Zungenspitze fährt mir feucht und warm über mein Ohrläppchen und seitlich meinen Hals zu meinen Schultern herunter.

Sie kniet hinter mir. Zwischen meinen Beinen. Ich fühle den Stoff an meinem Po. Hände streicheln meinen Körper. Fahren nach vorne unbeirrbar in Richtung meiner Scham. Laut stöhne ich auf, als die Finger zwischen meine feuchten Schamlippen gleiten. Ich will mich bewegen. Ich will mich an den Fingern reiben. Doch die Ketten halten mich zurück, als ich mich aufbäume.

Ohne Umwege findet sie meinen angeschwollenen Kitzler. Sie massiert ihn. Direkt und intensiv. Die Erregung, die sich vor und während dieses Fotoshootings in mir gestaut hat, steigert sich ins Unermessliche. Fordert ihren Tribut. Ich kann mich nicht zurückhalten. Gebe mich den Berührungen hin. Ich spüre ihren Körper hinter mir. Ihre Hitze. Ihren heißen Atem an meinem Ohr.

„Komm!" Es ist nur ein Flüstern. Aber unüberhörbar. „Komm für mich!"

Die Finger treiben mich zur Raserei. Ich fühle den Höhepunkt. Bin so dicht davor. Alles ist so intensiv.

„Komm. Jetzt!"
Ein letztes Mal bäume ich mich auf, bevor mein Körper von einem befreienden Zittern ergriffen wird, das mich entspannt zurücklässt.

Mein Herz klopft. Ich versuche, wieder zu Atem zu kommen. Ich spüre einen Schweißtropfen meine Wirbelsäule herunterrinnen.
Weit im Hintergrund höre ich das Klicken der Kamera. Das Blitzen.
„Nimm deinen Kopf in den Nacken!" Ihre Stimme. Geschäftsmäßig. Keinerlei Färbung durch die Erregung.
Habe ich alles nur geträumt? Aber nein, mein Körper fühlt sich nicht an, als sei alles nur in meinem Unterbewusstsein passiert. Was hat sie mit mir gemacht?

„Okay, das war spitze. Wir sind fertig."
Sie tritt zu mir. Befreit mich. Löst meine Fesseln. Meine Augenbinde.
Ich blinzele gegen das gedämmte Licht im Studio.
Wie lange hatte ich die Augenbinde um?
Mit zittrigen Knien komme ich auf die Beine.
Sie legt mir einen warmen Bademantel um.
„Du kannst dich jetzt wieder anziehen." Sie schaut mich nicht an, sondern löst ihre Kamera vom Stativ.
Noch immer verwirrt gehe ich hinter das Paravent. In Gedanken versunken ziehe ich mich an. Was

war Realität und was war Traum? Ich kann es nicht sagen.

Erst jetzt merke ich, dass sie mit mir spricht. Sie erklärt mir, dass wir einen weiteren Termin ausmachen müssen. Ich soll entscheiden, welche Bilder nicht in die Auswahl kommen.

„Kannst du nächste Woche zur selben Zeit?", fragt sie.

Ich trete hinter der Stellwand hervor und nicke. Beim Herausgehen steckt sie mir ein kleines Kärtchen in die Hand.

Irritiert schaue ich sie an.

„Da steht der nächste Termin drauf", meint sie erklärend und streckt mir zum Abschied die Hand entgegen.

Nachdem sich die Fahrstuhltür hinter mir geschlossen hat, lehne ich mich gegen die Aufzugwand und lese die kleine Karte. Es ist ein Satz. Ein einziger. Und dieser jagt mir erneut wohlige und lustvolle Schauder über den Rücken.

„Beim nächsten Mal will ich dir in die Augen sehen, wenn du einen Höhepunkt erlebst!"

- „Dreh dich um!" –

*D*ie Professorin

Ich weiß nicht, wie lange ich bereits hier sitze und in dem Buch blättere, welches auf meinen Knien liegt. Erst als ich zufällig auf die große Wanduhr schaue, wird mir bewusst, dass die Bibliothek bereits seit fast vier Stunden geschlossen ist. Inzwischen ist es kurz vor Mitternacht, stelle ich ein wenig schuldbewusst fest, doch ich habe keinerlei Verlangen, den Heimweg anzutreten.

Wenn der letzte Student diese Hallen verlassen hat und sich die aufgewirbelte Luft langsam wieder setzt, riecht es nach Wissen. Dieses schier endlose Labyrinth durch die gesammelten literarischen Epochen und Fachgebiete fasziniert mich und regt meine Sinne an. Es saugt mich förmlich in seine tiefen, verborgenen Winkel. Die Zeit scheint endlich stillzustehen. Ich genieße die Ruhe fernab des Rummels, der normalerweise hier auf dem Campus herrscht.

Erst wenige Monate bin ich Erstsemestler, und der Trubel der pulsierenden Großstadt ist für mich noch befremdlich.

Seit ich vor kurzem diesen Aushilfsjob in der Bibliothek angenommen habe, um mir meine Studienzeit finanzieren zu können, verbringe ich die meisten Abende der Woche damit, die von meinen

Kommilitonen zurückgebrachten Bücher wieder ordentlich einzuräumen. Hier und da, wenn mir ein interessantes Werk in die Hände kommt, verbleibe ich einige Zeit und blättere mit Ehrfurcht die Seiten durch. So wie jetzt. Das Leben von Marie Curie hält mich im Bann.

Plötzlich lässt mich das kaum wahrnehmbare Geräusch einer zuschnappenden Tür erschreckt aufhorchen. Mein Herz hämmert mir gegen den Brustkorb, während ich angestrengt lausche. Einen Augenblick glaube ich, dass ich es mir eingebildet hätte, doch diese Hoffnung zerschlägt sich innerhalb kürzester Zeit.
Ich bin nicht mehr allein. Schritte sind zu vernehmen. Und ein Kichern. Leise klingt es aus der großen Eingangshalle im Erdgeschoss zu mir herauf. Ein leichter Anflug von Panik steigt in mir auf.
Was soll ich bloß tun? Soll ich schreien? Oder mich verstecken? Wer ist da unten? Fragen kreisen wirr in meinem Kopf herum. Es fällt mir schwer, einen klaren Gedanken zu fassen.
Bleib ruhig!, ermahne ich mich selbst. Langsam und jedes Geräusch vermeidend ziehe ich mich in den hinteren Winkel meiner Regalreihe zurück und warte.

Stimmen. Leise, beinahe flüsternd. Ich versuche, mich etwas zu beruhigen. Das Blut rauscht mir in

76

den Ohren. Es ist unmöglich zu verstehen, was gesprochen wird.

Schritte. Sie kommen die Treppen herauf. Fieberhaft überlege ich, was ich tun soll. Mich verstecken? Auf der Suche nach einem Ausweg schweifen meine Augen hektisch durch den Raum. Ich kann die Treppe nicht sehen, weil die Regale die Sicht verdecken. Sie haben mir den einzigen Fluchtweg abgeschnitten.

„Wieso brennt hier das Licht?" Die Frauenstimme klingt jung und verunsichert. Ein leichter Piepston mischt sich vor Aufregung darunter.

„Beruhige dich. Das hat wohl die Putzfrau vergessen, bevor sie heimgegangen ist." Die andere klingt reifer. Im Gegensatz zu der Jüngeren weiß sie genau, was sie hier tut. Das wird mir in diesem Moment bewusst.

Sie müssen einen Schlüssel für die Bibliothek besitzen. Ich hatte ja vorsorglich die Tür verschlossen, nachdem die letzte Mitarbeiterin am Abend gegangen war. Kenne ich die Frauen womöglich? Arbeiten sie hier?

Mein Herz klopft so laut, dass ich befürchte, die beiden, die nur zwei Regalreihen von mir entfernt stehen geblieben sind, könnten es hören.

„Aber vielleicht ist ja noch jemand hier? Was ist, wenn …", fragt wieder die Piepsige und wird ein wenig barsch von der Älteren unterbrochen.

„Nein, vertrau mir, wir sind ganz allein." Es klingt beinahe wie eine Rüge. Doch im nächsten Moment fährt sie etwas sanfter fort: „Komm her."

Was geht da vor? Was machen die beiden hier? Ich suche nach logischen Erklärungen.

Einige Zeit höre ich nichts, wage es aber auch nicht, mich zu bewegen. Dann ein unterdrücktes Seufzen und das knarrende Geräusch von Kunstleder. Sie müssen in der Sitzgruppe mit der Couch sein, überlege ich. Unmittelbar neben der Treppe. Es gibt keinen Ausweg. Ich muss warten.

Ein Stöhnen durchfährt die Stille. Lautes Atmen, welches zwischendurch von leisen Geräuschen, die ich nicht ganz einordnen kann, unterbrochen wird. Es klingt wie … Küssen.

Die haben Sex, schießt mir die plötzliche Erkenntnis durch den Kopf und lässt mich unweigerlich erröten. Ich bin Zeugin eines heimlichen Liebesaktes zwischen zwei Frauen.

„Oh, du machst mich ganz wahnsinnig", seufzt die Jüngere in diesem Augenblick. Ihre Stimme klingt nicht mehr piepsend, sondern tief und rau vor Erregung.

Bilder von zwei sich liebenden Frauen steigen vor meinem geistigen Auge auf. In meinen sehnsüchtigen Träumen stellte ich mir den Akt immer liebevoll, sanft und zärtlich vor, doch die Geräusche der beiden lassen mich diese Vorstellung revidieren. Sie sind heiß, erregt und gierig aufeinander.

Alles geht so schnell. Das Stöhnen wird immer lauter und bricht mit einem Mal unvermittelt ab.

Ich lausche angespannt und versuche zu erahnen, was hinter den Regalen vor sich geht.

„Sehen wir uns morgen wieder?" Zaghaft klingt sie, und der piepsende Unterton verfärbt wieder ihre Stimme.

„Nein, wir werden uns nicht mehr wiedersehen", fällt ihr die Ältere ungeduldig und barsch ins Wort.

„Hör zu, Schätzchen, es war ein tolles Erlebnis, und wir hatten beide unseren Spaß, aber das ist alles. Mehr wird es nicht geben zwischen uns."

Nur zu gut kann ich mir das entsetzte Gesicht der anderen vorstellen. Eine solch direkte Abfuhr zu bekommen finde ich heftig nach diesem erotischen Liebesspiel, das die beiden erst vor wenigen Augenblicken genossen haben.

Ein Schluchzen unterbricht die Stille, die den harten und deutlichen Worten folgte.

„Jetzt weine nicht, Pia. Du wusstest, worauf du dich einlässt. Ich habe dir doch gesagt, dass ich an einer Beziehung nicht interessiert bin." Ihre Stimme ist um eine Nuance milder geworden. „Du hattest gerade ein absolut tolles Erlebnis. Genieße es einfach. Und jetzt geh."

„Aber ich hatte gehofft, dass …" Doch die Jüngere setzt den Satz nicht fort. Ich kann hören, wie Kleider zurechtgerückt werden. Hastige Schritte auf der Treppe. Wieder das Schnappen der Tür.

Einen Moment glaube ich, allein zu sein, und will mich erheben, um meine steif gewordenen Glieder bewegen zu können. Mein Fuß ist eingeschlafen, und das Kribbeln breitet sich unangenehm aus.

Dann jedoch höre ich das Klicken eines Metallfeuerzeuges. Sie inhaliert lang und anhaltend an der Zigarette und bläst vernehmlich den Rauch in die Luft.

„Hi Süße, ich bin's." Erschrocken fahre ich zusammen, bis mir bewusst wird, dass sie nicht mit mir spricht, sondern mit ihrem Handy.

„Ich will dich morgen sehen. Um Mitternacht an der Bibliothek. Ciao!"

Ein Lachen, befriedigt und siegesbewusst, füllt den Raum, als die Frau sich erhebt und den Rückweg ins Erdgeschoss einschlägt.

Endlich kann ich mich wieder bewegen. Mein vor Aufregung hämmerndes Herz beruhigt sich nur langsam. Ich kann kaum glauben, was ich vorhin gehört habe. Meine Gedanken sind mehr als verwirrt.

Ordentlich stelle ich das Buch ins Regal zurück und verlasse zum ersten Mal die Bibliothek, ohne das Licht zuvor zu löschen. Ich möchte nicht, dass es auffällt, dass noch jemand im Gebäude war, falls eine der Frauen noch einmal an den Ort des Geschehens zurückkehrt.

Den Rest der Nacht wälze ich mich unruhig in meinem Bett hin und her.

Ich höre ihre Stimmen. Höre, wie sie sich lieben. Alle meine Sinne sind in Aufruhr. Ich sehne mich danach, auch einmal solche erfüllenden Gefühle erleben zu können ... mit einer Frau.

Das war auch ein Grund, warum ich mich für ein Studium hier in der anonymen Großstadt entschied, die weit weg von dem kleinen Dorf mit all den bekannten Gesichtern ist, die solche Vorstellungen nicht akzeptieren würden.

Niemand hätte mich dort je verstanden. Meine Sehnsucht nach einem sinnlichen, weichen Frauenkörper. Und jetzt war ich erst wenige Monate hier und schon wurde ich Beobachterin der leidenschaftlichen Lust, die Frauen einander schenken können.

Kompromisslos und begierig waren sie übereinander hergefallen, um ihre Erregung zu befriedigen. Ich weiß nicht, warum die Ältere sich mit diversen Frauen in der Bibliothek trifft oder wer sie ist. Aber das spielt für mich auch keine Rolle.

Ich werde diese Nacht wieder auf sie warten.

Die Vorstellung, die beiden Frauen beim Sex zu beobachten, erregt mich.

Wie von selbst fangen meine Hände an, meinen Körper zu streicheln. Ich schließe die Augen und stelle mir vor, es sei ihre Hand, die erfahren und selbstbewusst Besitz von mir ergreift und mich abdriften lässt, bis ich endlich entspannt in den Schlaf sinke.

Ich habe den Eindruck, dass die Vorlesungen gar nicht enden wollen. Immer wieder schaue ich auf die Armbanduhr und stelle fest, dass sich die Zeit zieht wie Kaugummi. Am Nachmittag schlage ich die Stunden in der Mensa tot, kann mich auf nichts richtig konzentrieren, warte nur auf den Abend. Meine Gefühle, die letzte Nacht noch aufgeregt und euphorisch waren, sind jetzt gemischt.

Ich schäme mich für mein Vorhaben. Die Rolle einer Voyeurin, die andere beim Sex beobachtet, ist eigentlich nicht meine. Andererseits können sie sich in der Öffentlichkeit nicht zu hundert Prozent sicher sein, dass sie allein und unbeobachtet sind, rechtfertige ich mich vor mir selbst.

Mitten in diese Überlegungen fährt eine wohlklingende Alt-Stimme und reißt mich in die Realität zurück. Nur schwer widerstehe ich im letzten Augenblick dem Drang, mich abrupt umzudrehen, um zu sehen, wer am Tisch hinter mir Platz genommen hat.

Sie ist es, da bin ich mir sicher.

„Tut mir leid, Maria, ich kann heute Abend nicht mit ins Kino. Ich muss noch in die Bibliothek, um die Recherchen für meinen Vortrag zum Symposium für nächsten Monat abzuschließen."

„Die Frau Professorin ist also wieder zu beschäftigt." Wie angenommen ist es nicht Pia, die ihr Gesellschaft leistet. „Charlotte, ich glaube, du arbeitest zu viel. Du hast doch gar kein Privatleben mehr."

Schnell trinke ich den letzten Schluck Milchkaffee, der inzwischen ganz kalt geworden ist, so dass ich mein Gesicht angewidert verziehe. Ich muss meine Neugierde sofort befriedigen. Wenn ich jetzt aufstehe und die Tasse zur Ablage bringe, dann kann ich ungezwungen und völlig unauffällig einen Blick auf die Frau werfen, die mir letzte Nacht den Schlaf raubte.

Ich erhebe mich und nehme meine Tasche vom Stuhl. Sie verheddert sich an der Armlehne, und noch bevor ich reagieren kann, fällt er mit lautem Gepolter um. In Sekundenschnelle verfärbt sich mein Gesicht puterrot und ich verspüre ein heftiges Glühen auf meinen Wangen.

Das kann ja nur mir passieren, schimpfe ich lautlos über mein Missgeschick. Ich weiß, aller Blicke sind nun auf mich gerichtet. Dennoch fasse ich all meinen Mut zusammen und schaue hoch, während ich mich bücke, um den Stuhl wieder aufzuheben.

Katzenhafte grüne Augen mustern mich amüsiert, und als sich unsere Blicke begegnen, hält sie den meinen gefangen und jagt mir einen anregenden Schauer über den Rücken.

Ein wenig erschrocken über meine körperliche Reaktion auf sie löse ich mich aus ihrem Bann und verlasse hastig die Mensa.

Meine Gefühle spielen verrückt. Während ich die erste Fuhre Bücher durch die Bibliothek schiebe, kann ich nur an sie denken. Ihre Augen, die mich geradezu gierig fixierten. Nein, das war nicht Schadenfreude über mein Missgeschick, sondern Hunger. Noch nie hat mich ein anderer Mensch auf diese Art und Weise betrachtet und mein Blut dermaßen in Wallung gebracht.

Plötzlich halte ich wie vom Schlag getroffen inne. Da sitzt sie an einem der PC-Plätze, den Rücken mir zugewandt. Ihre in der Mensa noch durch eine Spange gebändigten, lockigen Haare fallen nun wild und ungezähmt über ihre Schultern. Ihre Haltung zeugt davon, dass sie hochkonzentriert in ihre Arbeit vertieft ist.

In diesem Moment tritt eine Studentin an ihren Tisch und spricht sie an. Ruckartig fährt ihr Kopf herum, und ich beobachte, wie ihre Augen sich zu schmalen Schlitzen verengen. Sie nimmt betont langsam ihre Hände von der Tastatur. Als ob sie sich zur Ruhe mahnen wolle. Ihren Stuhl zurückschiebend steht sie auf. Ihr Gesichtsausdruck macht die Missbilligung über diese Störung deutlich.

Ihre schlanke Gestalt überragt die Studentin, die ihre Bücher wie einen Schutzschild vor sich hält, um einen Kopf. Alles an ihr drückt Autorität aus.

Ich kann nicht verstehen, was sie sprechen, aber an ihren Gesichtern lässt sich ablesen, dass es kein erfreuliches Gespräch ist. Tränen schießen der Studentin in die Augen, als sie sich zum Gehen wendet und fluchtartig die Bibliothek verlässt.

Ich kann ein leichtes, beinahe ungläubiges Schütteln der dunkelbraunen Lockenmähne ausmachen, bevor sich die Professorin setzt und ihre unterbrochene Arbeit erneut aufnimmt.

Mein Mund fühlt sich ganz trocken an, und die Aufregung schnürt mir den Hals zu. Gleich ist es so weit. Ich weiß, sie wird kommen. Ich bin mir absolut sicher.

Diesmal habe ich das Licht gelöscht, damit sie keinen Verdacht schöpft. Der Vollmond beleuchtet die großen Räume und wirft schemenhafte Schatten durch die Regale. Ich kann die Sitzgruppe sehen. Hoffe, dass sie wieder diesen Platz wählen wird. Sorgsam habe ich die Bücher im Regal verstellt, so dass ich zwar verdeckt bin, aber selbst die Möglichkeit habe, alles zu beobachten.

Endlich hat mein Warten ein Ende. Ich höre ihre Stimmen.

„Nein, Laura, hier noch nicht. Warte, bis wir oben sind. Dort kann uns niemand sehen." Sie klingt schmeichelnd, lockend.

Dann höre ich sie auf der Treppe. Schnell stehe ich auf. Gleich werde ich mich nicht mehr rühren können, ohne mich zu verraten. Ich verharre in der Position, als sie in mein Blickfeld treten. Mein Herz klopft.

Meine Hoffnung wird belohnt, als sich die Professorin auf die Couch sinken lässt und die junge Frau, die sie begleitet, rittlings auf ihren Schoß zieht. Ihre Lippen finden sich und verschmelzen zu einem lang andauernden, leidenschaftlichen Kuss. Charlottes Hände wandern unter das Shirt der anderen und schieben es hoch. Der Mondschein schimmert auf ihrem entblößten Rücken. Laura stöhnt durch den Kuss gedämpft auf und reibt ungeniert ihre Scham an den Oberschenkeln zwischen ihren Beinen, bis die Professorin sich von ihr löst und sie innehalten lässt.

„Warte, Baby, nicht so schnell", bremst sie das Tempo ab, in welchem das Geschehen seinen Lauf nimmt. Sie will nicht, dass ihr die Kontrolle über die Situation entgleitet.

„Steh auf!"

Vor Erregung bebend steht die junge Frau vor ihr und wartet mehr als ungeduldig, wie ihre Jeans geöffnet wird und Hände die Hose herunterstreifen. Nun ist sie gänzlich nackt. Sie hat einen schönen Körper. Zierlich und wunderschön geformt.

„Beug dich zu mir vor!" Die Stimme klingt heiser vor Lust.

Laura tut, wie ihr geheißen, und ein Seidenschal legt sich über ihre Augen.

Eine feine Gänsehaut überzieht ihren Körper. Ich weiß nicht, ob vor Lust oder durch die kühle Luft, die in diesen riesigen Räumen herrscht.

„Dreh dich um!" Knapp sind ihre Anweisungen.

Hände umfassen die schmalen Hüften und ziehen sie erneut auf den Schoß herunter. Unwillkürlich spreizt sie ihre Beine, während Fingerspitzen anfangen, ihre harten Brustwarzen zu umkreisen. Sie windet sich wolllüstig unter den Berührungen. Ihre Lippen sind leicht geöffnet.

Atemlos beobachte ich die Hand, die ihr über den Bauch hinunter zur Scham fährt. Ein leichter Schrei entfährt der Studentin, als die Finger in ihre Nässe tauchen und ein sinnliches Streicheln beginnen, welches in einem nicht enden wollenden Höhepunkt gipfelt.

„Leck mich!" Die raue Stimme fährt mir mit einer solchen Heftigkeit zwischen die Schenkel, dass ich nur mit Mühe mein eigenes Aufstöhnen unterdrücken kann. Die Feuchtigkeit, die ich zwischen meinen Schenkeln spüre, zeugt von dem Aufruhr, der in mir herrscht.

Gebannt sehe ich zu, wie Laura sich zwischen die gespreizten Beine der Professorin kniet, die ihren Rock über die Hüften hochgezogen hat. Sie trägt keinen Slip, und das Licht verfängt sich in ihrem krausen Schamhaar.

Hände greifen ungeduldig in Lauras Haare und ziehen sie mit einem Ruck heran. Die Professorin wirft ihr Haupt in den Nacken und genießt mit geschlossenen Augen die ersten zaghaften Berührungen der Zunge an ihrer empfindsamsten Stelle.

Dann plötzlich, noch bevor ich reagieren kann, schaltet sie die Leselampe neben der Couch an und schaut mir direkt in die Augen. Erschrecken lähmt mich, und ich kann mich nicht bewegen. Doch statt verärgert ihr Liebesspiel abzubrechen, zwinkert mich die Professorin wissend an.

Gehöre ich etwa zu ihrem Spiel? Wusste sie, dass ich hier sein würde?

Fasziniert starre ich ihr in die Augen, während sie langsam und genussvoll ihrem Höhepunkt entgegenschwebt.

Ähnlich wie in der Nacht zuvor schickt sie anschließend die junge Studentin fort, bevor sie sich eine Zigarette anzündet und genüsslich Rauchringe in die Luft bläst.

Bisher bin ich immer noch nicht in der Lage, mich zu rühren. Zu sehr stehe ich noch im Bann des zuvor Erlebten. Es ist mir nicht möglich, meine Augen von ihr abzuwenden. Noch immer sitzt sie mit entblößten Schenkeln da. Ein Fuß lässig auf dem Polster der Couch, als wäre ihre Anwesenheit in der nächtlichen Bibliothek das Selbstverständlichste auf der Welt. Im Licht der Lampe kann ich es in ihrem Schamhaar feucht glänzen sehen. Sie ist sich der beeindruckenden Wirkung, die sie auf mich ausübt, bewusst und genießt es sichtlich.

„Franziska, du kannst jetzt hervorkommen. Wir sind ganz allein." Ihre tief gurrende Stimme holt mich schließlich in die Realität zurück.

Woher kennt sie meinen Namen?

Als ich noch immer unentschlossen dastehe, fährt sie etwas forscher fort: „Komm zu mir. Ich möchte dich betrachten. Sei nicht so schüchtern."

Langsam setze ich mich mit zittrigen Knien in Bewegung. Ihre Lippen sind zu einem amüsierten Lächeln verzogen, als ich hinter dem Regal hervortrete und in den Lichtstrahl der Lampe. Es ist der gleiche Gesichtsausdruck wie in der Mensa, als mir der Stuhl umkippte.

Ich halte inne, während ihr Blick mich von unten bis oben mustert.

Dann kommt Bewegung in sie. Die Zigarette auf dem Boden ausdrückend erhebt sie sich und schreitet auf mich zu. Der Rock fällt zurück über ihre Beine und verdeckt den Blick auf ihre verführerische Scham.

Unmittelbar vor mir bleibt sie stehen.

„Hat es dich angemacht, was du gesehen hast?"

Ich schweige. Es ist mir mehr als peinlich, zugeben zu müssen, dass es mich erregt hat, ihr beim Sex zuzuschauen. Aber genau das ist es, was sie von mir hören will.

Plötzlich, in einer fließenden Bewegung umfasst sie meine Taille und zieht mich an sich.

„Das ist es doch, wonach du dich gesehnt hast. Ich wusste es, seit ich dich das erste Mal hier in der Bibliothek sah." Ihr warmer Atem streift über mein Gesicht, und ihre Lippen sind nur Zentimeter von den meinen entfernt. Tief und fordernd schaut sie mir in die Augen.

„Sag mir, dass du es willst. Jetzt!"

Ich nicke kaum wahrnehmbar. Unwissend, was mit mir geschieht, scheine ich die Macht über meinen Körper verloren zu haben.

Als sich unsere Lippen berühren, trifft es mich wie ein Schlag. Die Hitze, die sich plötzlich in meinem Körper ausbreitet, scheint mich innerlich zu verbrennen. Ich gebe jeglichen Widerstand auf und schmiege mich an diese begehrenswerte Frau. Lasse es zu, dass ihre Zungenspitze zwischen meine Lippen fährt und dort ein lustvolles Spiel beginnt. Noch nie bin ich so geküsst worden. Meine Sinne sind wie berauscht.

„Ja, Baby, so ist es gut. Lass mich fühlen, wie sehr du mich willst!" Ihre Worte streicheln verführerisch über meinen Körper, finden meine Mitte, erregen mich. Ich habe keine Zeit, durch sie schockiert zu sein. Und sie hat Recht. Ich will sie. Ich will von ihr genommen werden.

„Ja", ein Seufzen entfährt mir. Sie löst sich von mir und fasst nach meinem Handgelenk. Willenlos lasse ich mich von ihr mitziehen. Mit zu den Schreibtischen, an denen Studenten oft stundenlang harmlos an ihren Hausarbeiten sitzen. Sie drängt mich rückwärts auf einen dieser Tische und hebt mich hoch, dass ich mit dem Po auf der Kante sitze. Langsam lässt sie mich auf die Tischplatte sinken, bevor sie wieder nach meinen Händen greift und die Handgelenke mit dem Seidenschal aneinanderbindet, um sie anschließend über meinen Kopf zu führen und dort an das Tischbein zu knoten. Sie steht zwischen meinen Schenkeln und drückt ihr Schambein gegen die Naht meiner Jeans.

Mein Körper scheint in hellen Flammen zu stehen. Er sehnt sich nach ihren Berührungen. Doch sie lässt sich Zeit. Anzüglich grinsend öffnet sie mir langsam Knopf für Knopf die Bluse und entblößt meine heiße, empfindsame Haut. Ihre Fingerspitzen streicheln über meinen Bauch hinauf zu meinen Brüsten. Mit sanften, knetenden Bewegungen massiert sie mich, bevor sich ihre Finger um meine harten Brustwarzen schließen und diese zusammendrücken. Ein leichter Schmerz schießt mir durch den Körper, so dass ich kurz aufschreie. Ich versuche, mich an ihr zu reiben, doch die Fesseln hemmen meine Beweglichkeit.

Sie öffnet die Knöpfe meiner Hose und zieht sie mir mit einem Ruck bis zu den Knöcheln herunter. Kalt fühlt sich die Tischplatte unter meinem nackten Po an. Atemlos beobachte ich ihre Hände, die sich meiner Scham unaufhaltsam nähern, versuche den Moment der ersten Berührung zu erahnen, und doch trifft er mich völlig unvorbereitet. Die Intensität lässt meinen Körper erzittern. Ich fühle, wie sie mit der Fingerspitze durch meine erregte Nässe fährt, bis sich die Fingerkuppe zielsicher auf meinen Kitzler legt, um mich durch leichtes Kreisen in den Wahnsinn zu treiben.

Ich schließe die Augen und verliere jegliche Kontrolle über mich. Alles in mir verschwimmt. Ich kann nur spüren. Fühlen, wie ihre Finger in mich stoßen. Ich winde mich, zerre an den Fesseln über meinem Kopf. Sie treibt mich immer weiter. Und als ich endlich komme und die erlösende Entspannung sich in meinem Körper ausbreitet, wird mir bewusst, dass ich geschrien habe. Laut und losgelöst.

Sanftes Streicheln an meiner Wange holt mich in die Wirklichkeit zurück. Die katzenhaften Augen mustern mich. Als sie meinen Blick auffängt, schmunzelt sie beinahe zärtlich. Ein Ausdruck, den ich an ihr noch nie gesehen habe.

„Weißt du eigentlich, dass du wunderschön aussiehst, wenn du kommst?"

Froh darüber, dass es zu dunkel ist, um die Röte in meinem Gesicht zu erkennen, schüttele ich leicht den Kopf.

„Dasselbe könnte ich auch von dir behaupten", wage ich einen Vorstoß und erinnere mich an das, was ich vor wenigen Minuten beobachtet habe, während ich hinter dem Regal stand.

Ihr heiseres Lachen durchbricht die Stille. Ihre Augen glitzern mich an, und sie löst mir ruhig die Fesseln.

Die schönen Gefühle in meinem Körper genießend erhebe ich mich vom Tisch und ordne meine Kleidung.

Dann blicke ich in ihr undurchdringliches Gesicht. Der zärtliche Ausdruck ist verschwunden, und ich bin unschlüssig, wie ich mich verhalten soll. Einen Moment denke ich an die beiden Studentinnen, die durch die Professorin weggeschickt wurden. Doch eigentlich ist es mir einerlei, was weiter geschieht. Ich habe so lange meine geheimsten Wünsche und Sehnsüchte unterdrücken müssen.

Mit ihr war es mir jetzt möglich, diese teilweise auszuleben. Endlich ist es passiert, wovon ich immer träumte. Ich kann nicht anders und strahle sie an.

„Hey, vielleicht hast du ja mal Lust darauf, dass ich mich revanchieren kann. Dann weißt du ja, wo du mich findest!" Kess zwinkere ich ihr zu und verlasse summend mit einem wahnsinnigen Glücksgefühl das Gebäude.

- Gefangen. Dir unterworfen. -

*V*erführerische Ungewissheit

Ich stehe aufgeregt, vielleicht ein wenig nervös vor diesem Gebäude. Den zerknitterten, verschwitzten Zettel mit der Anschrift in meinen Händen haltend. Mein Herz klopft wie wild, während ich versuche, meine Unsicherheit in den Griff zu bekommen.

Seit ich vor einigen Wochen diese Mail von dir erhalten habe, erwacht in mir der Eindruck, dass ich in einen prickelnd erregenden Strudel geraten bin, aus dem es kein Entrinnen gibt. Und überhaupt, will ich dem entkommen? Ist es nicht eher so, dass meine Neugierde mich dazu bringt, dir zu folgen? Weiterzugehen, ohne das Ende zu sehen?

Bilder unserer letzten Begegnung tauchen vor meinem inneren Auge auf, während ich die ersten zaghaften Schritte in den Hausflur mache. Momentaufnahmen, wie ich, mich vor Lust und Geilheit windend, nach deinen Berührungen sehne. Geil, ein Wort, das mir vor unserer Begegnung gänzlich unbekannt war. Nie zuvor habe ich eine ähnliche Empfindung verspürt. Du hast sie in mir hervorgelockt aus einem gut behüteten, verborgenen Versteck.

Erstes Obergeschoss. Zimmer Nr. 13. Der Schlüssel steckt.

Wenn ich diesen Raum betrete, gibt es kein Zurück.

Langsam, jedes Pochen meines Herzens registrierend, drücke ich die Türklinke herunter und trete ein.

„Schließ deine Augen!" Deine harte, unnachgiebige Stimme jagt mir Schauer über den Rücken. Ohne ein Zögern komme ich deiner Anweisung nach. Ein erwartungsvolles Kribbeln durchfährt mich.

Wie aus dem Nichts tauchst du auf. Ich spüre die Intensität deiner Gegenwart.

Ein Seidenschal legt sich um meine Augen. Im Gegensatz zu der Hitze, die in mir lodert, fühlt sich der Stoff kühl und beruhigend an.

Ich höre, wie die Tür geschlossen wird. Dann bist du wieder ganz bei mir. Du ergreifst mich und führst mich tiefer in den Raum.

Zu keiner Zeit habe ich den Eindruck, dass du zögerst. Dein Selbstbewusstsein, dein Wille geben mir Sicherheit und Vertrauen.

„Knie nieder!" Deine Stimme duldet keinen Widerspruch.

Ich fühle mich von dir gestützt, als ich mich ergeben sinken lasse. Mit aufgerichtetem Oberkörper knie ich auf dem kühlen Holzboden.

Ich spüre dich hinter mir. Die Wärme deines Körpers strahlt auf mich. Ich kann mein Verlangen nach deinen Berührungen kaum verbergen.

Plötzlich schieben sich deine Hände unter mein Shirt und ich seufze geradezu erleichtert auf.

Du ziehst mir das Kleidungsstück über den Kopf, ohne dass meine Augenbinde rutscht. Deine Erfahrung, dein Geschick machen mich ganz schwach.

Ein Windhauch spielt mit meinen entblößten Brustwarzen. Wie elektrisiert richten sie sich hart auf. Wollen von dir gestreichelt werden. Noch bevor sich deine heißen Handflächen auf meinen Busen legen, entfährt mir vor Erwartung ein sehnsüchtiges Stöhnen. Tief und heiser.

Ich kann fühlen, dass du lächelst. Ich weiß, dass es dir gefällt, mir solche Töne zu entlocken. Du hast es mir geschrieben. Und ich kann es nicht verhindern, so auf dich zu reagieren. Und ich will es auch nicht.

Mit deinem Körper und deiner Stimme gebietest du mir, mich nach vorn zu beugen. Erst tasten meine Hände nur den rauen Holzboden. Dann eine flach am Boden befestigte Holzstange, die ich umgreife.

Alle meine Sinne bis aufs Äußerste geschärft vernehme ich das metallische Klicken. Die Haare an meinem Körper stellen sich erregt, begierig auf, noch bevor sich die kalten Handfesseln, die an der Stange befestigt sein müssen, nacheinander um meine Handgelenke schließen.

Gefangen. Dir unterworfen. Meine Erregung wird immer stärker.

Deine Hände fahren mir über den nackten Rücken. Fingernägel hinterlassen eine Kratzspur auf meiner empfindsamen Haut. Ich seufze vor Begehren. Ich will mehr, doch du lässt dich nicht zur Eile treiben. Du bestimmst. So ist es immer.

Du greifst um mich, öffnest die Knöpfe meiner Jeans, die du mir mit einem Ruck bis zu den Knien herunter ziehst. Die Genugtuung in deinem geradezu siegessicheren Lachen ist nicht zu überhören, als du feststellst, dass ich, deinen schriftlichen Anweisungen folgend, keinen Slip trage.

Meine geradezu zur Schau getragene Demut erregt dich. Mit entblößtem Po vor dir kniend bin ich dir ausgeliefert. Du kannst alles mit mir machen. Ich will es. Jetzt.

Ich weiß, du bist hinter mir. Kniest. Ich kann mein Verlangen nicht mehr länger bändigen. Will es auch nicht. Ich versuche, mich gegen dich zu drücken, doch mein Po findet nur Leere.

„Nicht so hastig", raunst du mir heiser ins Ohr, während deine Hand mir in die Haare greift. Du zwingst mich dazu, ganz stillzuhalten, und fährst mit der anderen Hand zwischen meine Beine. Meine erregte Nässe lässt sich nicht verbergen.

Sanft massiert dein Finger meinen Kitzler und lässt meinen Atem lauter werden.

Ich will mich dir entgegenwinden, doch dein harter Griff, mit dem du meinen Kopf festhältst, ist unerbittlich.

Das erfahrene, geschickte Spiel deiner Finger treibt mich rasch einem Höhepunkt entgegen. Ich drifte unter deinen Berührungen ab in ungeahnte Sphären.

Doch noch bevor die erste Woge mich gänzlich erreichen kann, ist deine Hand plötzlich verschwunden.

Mein enttäuschter Protestlaut lässt dich auflachen.

Eine Weile, die mir wie die Ewigkeit vorkommt, geschieht nichts. Ich wage kaum zu atmen.

Was wirst du als Nächstes tun? Die Anspannung in meinem Körper wächst mit jeder Sekunde. Die Sehnsucht, von dir genommen zu werden, steigert sich, je länger du mich warten lässt. Das weißt du. Du liebst es.

Leicht erschreckt schreie ich auf und bäume mich reflexartig gegen die Fesseln auf, als etwas Kaltes unvermittelt meine heiße Scham berührt. Erst Sekundenbruchteile später wird mir bewusst, dass du Gleitcreme zwischen meine Schamlippen, auf meinem erregten Kitzler und an meiner intimsten Körperöffnung verteilst. Ich gebe den Widerstand auf und entspanne mich wieder.

Die Hand lässt meine Haare los, nur um im nächsten Moment meine Schulter zu fassen. Langsam übst du Druck aus und ziehst mich nach hinten.

Während ich deiner verführerischen Macht ins Ungewisse folge, warte ich darauf, dein Becken an meinem Po zu spüren.

Stattdessen stößt etwas Kühles, Hartes zwischen meine Schenkel und meine Lippen, bevor dein Schamhaar meine Haut berührt.

Bevor ich reagieren kann, dirigiert mich die Hand an meiner Schulter. Sie zwingt mich dazu, mich vor und zurück zu bewegen. Langsam.

Mein Kitzler reibt sich an dem Dildo, der aus deinem Harness ragt. Deutlich kann ich die Lederriemen fühlen, die um deine Schenkel und deinen Leib geschlungen sind.

Das reibende Gefühl an meinem erregten Kitzler macht mich wahnsinnig. Ich spüre, wie sich die Erregung ins Unermessliche steigert. Ich halte es kaum noch aus.

Plötzlich hält deine Hand in der Bewegung inne. Enttäuschung erfüllt mich. Woher wusstest du, dass ich kurz vor meinem Höhepunkt war? Du kennst meinen Körper schon so genau. Du kennst mich.

„Was möchtest du?", fragst du mit heiserer, erregter Stimme.

„Komm, sag es mir", fügst du etwas fester hinzu, als ich einen Moment zögere.

Ich weiß nicht, wie ich es in Worte fassen soll. Ich versuche, mich zu bewegen. Will dir zeigen, dass ich nach deiner Berührung lechze. Alles in meinem Körper schreit danach, von dir genommen zu werden. Hart und unnachgiebig. Gefühle, die ich bisher nicht kannte. Nicht, bevor du sie in mir entdeckt hast.

Doch dein Griff ist unerbittlich.

„Ich will es hören. Ich habe Zeit." Deine Stimme klingt gefährlich ernst und bestimmend.

„Fick mich!", flüstere ich leise und ein wenig beschämt. Doch nichts geschieht. Du bewegst dich nicht. Verwirrung in mir auslösend.

„Ich kann dich nicht hören." Deine Worte beruhigen mich auf seltsame Weise.

„Ich will, dass du mich fickst." Diesmal ist meine Stimme etwas lauter. Mutiger. Sehnsüchtiger.

Der Griff deiner Hand an meiner Schulter verstärkt sich, hält mich. Du stößt mit deiner Hüfte nach vorne. Dringst mit einer einzigen Bewegung tief in mich ein.

Ein lautes, erleichtertes Stöhnen entfährt mir.

Ich lasse mich gehen. Ich kann nicht mehr denken. Fühle nur noch. Spüre die gigantischen Wogen, die du in meinem Körper entstehen lässt.

Dieses geile Gefühl in mir wird immer intensiver. Die restliche Kontrolle über mich verlierend schreie ich laut, als der Höhepunkt in heftigen Wellen meinen Körper überschwemmt.

Du hältst mich. Behütest mich.

Erst als ganz langsam das Zittern in mir nachlässt und ich wieder zu Atem komme, fühle ich, wie der Dildo langsam aus mir herausgleitet.

Deine Hand lässt meine Schulter los und lässt einen erotischen Druck auf meiner Haut zurück.

Dann werden meine Handfesseln gelöst.

Ich warte. Nichts geschieht. Unruhe überkommt mich. Auf einmal fühle ich mich allein.

Meine Hand lässt die Stange los. Es gibt keinen Widerstand.

Zaghaft, vorsichtig löse ich die Augenbinde. Ich blinzele einige Male, bevor ich in den großen Spiegel schaue, der direkt vor mir an der Wand gelehnt steht. Vor meinem inneren Auge kann ich sehen, was du vor wenigen Momenten darin gesehen haben musst.

Ich bin allein im Raum. Nichts deutet darauf hin, dass jemand hier gewesen ist.

Nichts, bis auf den Metalldildo, der von den wenigen Sonnenstrahlen angeleuchtet wird, welche sich durch die Zwischenräume der Jalousetten stehlen.

Ich betrachte mein entspanntes, leicht gerötetes Gesicht im Spiegel. Nur eine Frage bleibt.

Werde ich dich beim nächsten Mal endlich sehen?

- das Warten -

Die Rückkehr

Der Zug hat Verspätung. Er sollte schon vor knapp einer Stunde eintreffen. Jetzt ist es bereits 23 Uhr, und der Vollmond beleuchtet den kaum gefüllten Bahnsteig.

Ich schaue aus dem Abteilfenster, während wir in den Bahnhof einfahren. Meine Augen haben dich schon längst gefunden. Ich wusste, du würdest da sein. Du hast auf mich gewartet.

Während der Zug an dir vorbeigleitet, schaue ich für einen Sekundenbruchteil direkt in deine mich suchenden Augen, in denen Erkennen aufblitzt.

Ich zwinge mich zur Ruhe – in dem Wissen um deine innere Aufregung vor diesem Wiedersehen.

Langsam steige ich aus und komme mit betont gelassenen Bewegungen auf dich zu. Lust steht dir ins Gesicht geschrieben. Neben der Freude, dass ich endlich wieder daheim bin.

Bewusst kurz nehme ich dich in meine Arme, blocke deinen drängenden Körper ohne einen weiteren Kommentar ab. Wissend, dass du deine Erregung kaum noch zügeln kannst. Diese Gewissheit gefällt mir sehr.

Ich fasse dich an den Schultern und halte dich auf einer Armlänge entfernt, während mein begutachtender Blick deinen Körper von unten nach oben entlangwandert.

Dann nicke ich anerkennend. Du hast dich für mich chic gemacht. Du willst mir gefallen.

Und ja, du weißt, du hast genau ins Schwarze getroffen.

Trotz deiner hochhackigen Stiefel bist du dennoch minimal kleiner als ich. Der schwarze Rock endet knapp unterhalb deiner Oberschenkel und bedeckt gerade noch den spitzeverzierten Saum deiner halterlosen Strümpfe. Ich bin mir sicher, dass du keinen Slip trägst. Und diese Vorstellung erregt mich so, dass ich meinen Blick einen Moment länger auf Höhe deiner Scham ruhen lasse.

Deine weiße Bluse ist nur mäßig zugeknöpft und bietet mir ein verlockendes Décolleté dar, ein Anblick, der mir wie so oft den Atem stocken lässt. Was ich mir allerdings nicht anmerken lasse.

Die Fahrt nach Hause über schweigst du. Du scheinst mir zuzuhören, wie ich dir von meiner Reise nach Paris erzähle. Von meinen Begegnungen mit interessanten Menschen, von Plätzen, die ich besuchte.

Doch als ich das leise Aufstöhnen, welches dir versehentlich entfährt, vernehme, weiß ich, dass deine Gedanken ganz woanders sind. Wahrscheinlich stellst du dir bereits vor, wie ich dich auffordere, dich auszuziehen. Wie ich von dir verlange, mit gespreizten Beinen vor mir zu stehen, bis ich dich schließlich berühre.

Ein Schmunzeln verkneifend schaue ich dich mit gespielter Irritiertheit an und genieße deine Ungewissheit, ob ich dein Aufstöhnen gehört habe.

Doch ich lasse dich nur kurz zappeln, um dann ruhig meinen Gesprächsfaden wieder aufzunehmen.

Endlich sind wir daheim.

Wie immer führt mein erster Gang nach einer Geschäftsreise ins Bad. Lange lasse ich das warme Wasser meinen Körper berieseln. Es belebt mich nach der Zugfahrt.

Vor meinem geistigen Auge sehe ich dich voller Begehren durch die Wohnung tigern. Wie eine gefangene Raubkatze, die nicht aus ihrer Haut kann.

Du bist feucht. Ich kann es bis ins Bad spüren. Du wartest auf mich. Wartest darauf, jetzt von mir genommen zu werden.

Aber ich lasse mir Zeit. Viel Zeit. Weil ich weiß, dass ich deine Erregung dadurch noch weiter steigern kann.

Das kühle Leder meiner Hose übt einen sinnlichen Reiz auf mich aus. Das locker geknöpfte Herrenhemd schmiegt sich luftig an meine vom Duschen erwärmte Haut.

Erwartungsvoll schaust du mich an, als ich endlich die Badezimmertür öffne.

„Wollen wir zusammen etwas trinken gehen?", frage ich. Ein leichtes Erstaunen steht auf dein Gesicht geschrieben. Mühsam schluckst du die Enttäuschung herunter, welche die Worte für einen Moment in dir auslösen. Dann schüttelst du mit gerunzelter Stirn den Kopf.

Bevor du antworten kannst, frage ich weiter: „Wieso denn nicht? Oder bist du schon zu müde?"

Erneut schüttelst du vage den Kopf, bevor du es nicht länger aushältst. Du trittst näher, umarmst mich und presst dein Becken gegen meins.

„Ach so", raune ich leise in dein Ohr. „Du bist ganz heiß auf mich."

Ich packe im selben Moment überraschend dein Handgelenk und ziehe dich mit einem Ruck ganz fest gegen meinen Körper.

Meine andere Hand fährt unter deinen Rock. Fast automatisch und mit einem begehrenden Seufzen öffnest du deine Schenkel etwas weiter für meine Finger, die in deine gierige Nässe tauchen.

„Hast du so lange warten müssen?", frage ich trügerisch sanft.

Ich dringe mit einem Finger tief in dich ein. Du bist so feucht. So weit. Ein befreiender Laut entringt sich deiner Kehle, als ich langsam den zweiten Finger in dich stoße.

„Wie hast du denn die Tage, die ich fort war, überstanden?"

Mühelos gleite ich ein und aus. Deine Augen sind geschlossen, während du meine Berührungen genießt. Ich lasse dein Handgelenk los, greife dir hinten in die Haare und zwinge mit leichtem Druck deinen Kopf in den Nacken, so dass du mich unweigerlich anschauen musst.

„Hast du es dir selbst gemacht?", frage ich mit leiser, noch immer sanfter Stimme, während meine Finger dich unaufhörlich und gleichmäßig weiterficken.

Ich sehe, wie du auf deine Unterlippe beißt.

„Ja", entgegnest du und schlägst die Augenlider nieder.

Du weißt, dass es nun passieren wird. Und ich weiß, dass du genau das willst.

„Sieh mich an, wenn ich mit dir rede!" Ich warte, bis mich dein Blick erfasst.

„Hatte ich es dir erlaubt? Was hatte ich dir vor der Reise gesagt?" Meine Stimme erhält jetzt eine Spur Ernsthaftigkeit.

„Dass ich es mir nicht selbst machen soll, während du weg bist", entgegnest du zaghaft und siehst mir tapfer in die Augen.

„Also war es so, dass ich es dir verboten habe?"

Du windest dich lustvoll unter meinen stoßenden Fingern. Stöhnst.

Ich kann es mir bildlich vorstellen, dass dich dieser Befehl ganz scharf gemacht hat. Und jedes Mal, wenn du gegen mein Verbot verstoßen hast, musstest du daran denken und es erregte dich wieder.

„Wie oft? Wie oft hast du dich heute gestreichelt?"

Unnachgiebig ficken dich meine Finger, steigern deine Lust.

„Zweimal … oder dreimal … ich weiß nicht genau." Du hast gegen unsere Abmachung verstoßen.

„Und wann das letzte Mal?" Ganz so einfach lasse ich dich nicht davonkommen. Ich ficke jetzt fester. Tiefer. Während mein strenger Blick auf dir ruht.

„Kurz bevor ich gefahren bin, um dich abzuholen", du stößt die Worte unter lautem Stöhnen hervor. Deine Beine zittern. Du hältst es kaum noch aus.

Abrupt entziehe ich dir meine Finger kurz vor deinem Höhepunkt und trete zurück. Du jaulst enttäuscht auf.

„Hast du mir gehorcht?" Scharf schneidet die Frage die vor Erregung fiebrige Luft.

Du schüttelst den Kopf.

„Du weißt, dafür muss ich dich bestrafen."

Wir stehen uns im Abstand von einem Meter gegenüber. Du atmest heftig. Und wartest. Wartest auf meinen Befehl.

„Zieh deine Bluse aus und geh zur Wand herüber!" Meine Stimme duldet keinen Widerspruch.

Zaghaft beginnst du, deine Knöpfe zu öffnen und lässt den Stoff von deinen Schultern herunterrutschen. Deine harten Brustwarzen strecken sich mir entgegen, aber ich beachte sie nicht.

Ich spüre das erregte Kribbeln in meinem ganzen Körper, während ich beobachte, wie du dich mit dem Gesicht zur Wand stellst. Unsere Wand.

Du legst deine zarten Hände gegen die raue Struktur und wartest ergeben auf mich.

Die Lederfesseln, die an Ketten von der Wand hängen, sind genau passend für dich angebracht. Du spürst die Hitze meines Körpers hinter dir, während ich deine Hände nacheinander seitlich ausgestreckt über deinem Kopf befestige.

Wieder greife ich dir in die Haare und ziehe deinen Kopf zu mir.

„Was glaubst du, was wäre die richtige Strafe für deinen Ungehorsam?", frage ich.

Du bleibst stumm, wahrscheinlich weil du dir nicht sicher bist, ob ich eine Antwort erwarte.

„Ich denke, ich sollte dich etwas zappeln lassen. Schließlich bist du heute ja bereits dreimal gekommen. Waren es dreimal?"

Du schluckst. So ungeduldig und geil, wie du bist, ist das Warten die schlimmste Strafe für dich.

„Ja, dreimal", entgegnest du in der Hoffnung, mich durch deine Ehrlichkeit milde zu stimmen.

Ich lasse dich los und entferne mich. In der Küche öffne ich den Kühlschrank und hole eine Flasche heraus. Mit Bedacht, geradezu die Zeit schindend, schenke ich mir ein Glas Wein ein und trinke genüsslich den ersten Schluck.

Inzwischen kann ich meine eigene Lust ebenso wenig im Zaum halten, wie du die deine.

111

Zu lang erschien mir die Woche ohne dich.

Ich sehne mich nach dir. Nach deinem Körper. Ich will dich jetzt.

Langsam ziehe ich mein Hemd aus.

Nur noch mit der schwarzen Lederhose bekleidet trete ich hinter dich. Meine Brustwarzen streifen deinen Rücken und entlocken dir sehnsüchtige Laute.

Du drängst mir deinen Po entgegen.

„Spreiz deine Beine mehr!"

Du folgst ohne Zögern.

„Und streck deinen Po noch weiter raus!"

Du bemühst dich, meinen Forderungen gerecht zu werden.

„Bitte." Deine Stimme ist leise und zaghaft.

„Bitte." Etwas mutiger, als ich nicht sofort reagiere.

„Bitte was?", will ich wissen. Meine Stimme klingt neckend.

„Schlag mich. Beschimpf mich. Mach, was du willst. Aber fick mich endlich. Bitte!" Dein Flehen trifft wie ein Stromschlag meinen Kitzler, der angeschwollen an der Naht meiner Lederhose reibt.

Mit einer Hand schlage ich deinen Rock über deinem Po hoch. Deine nackte, weiche Rundung streckt sich mir entgegen.

Ich ziehe die Reitgerte, an deren Spitze sich eine breite Lederklatsche befindet, aus meinem Gürtel.

Bevor du den Schmerz auf deiner Pobacke spürst, hörst du die Gerte durch die Luft sausen.

Vor Schmerz und Erregung schreist du überrascht auf.

Während die Gerte in immer schnellerem Rhythmus auf deine Haut trifft, die sich innerhalb kürzester Zeit erhitzt rötet, dringe ich mit dem schwarzen Latexdildo in dich ein, den ich in Paris für dich gekauft habe, und ficke dich. Ficke dich intensiv.

Ich kann fühlen, wie sich deine Lust ins Unermessliche steigert.

Schon lange spürst du den Schmerz nicht mehr, als du laut schreiend einem gigantischen Höhepunkt entgegenstrebst, in den du dich bedingungslos fallen lässt.

Verschwitzt umschlinge ich deinen warmen Körper mit meinen Armen. Ich halte dich, bis das Zittern langsam abebbt. Dann löse ich die Fesseln, ziehe dir langsam, dich sanft küssend, deine restlichen Kleider aus und führe dich zu unserem Bett. Nackt lege ich mich zu dir und wir schlafen eng umschlungen entspannt ein.

- Blicke, die auf ihr ruhten -

*L*earning bei Doing

© 2006 by G. Martha H.

1.

Wieso um alles in der Welt tue ich das hier eigentlich ...?

Diese Frage stellte sich Miriam bestimmt schon zum hundertsten Mal.

Was hat mich dazu bewegt, mich hier hinzusetzen und mir Dinge anzuhören, die ich doch nie begreifen werde?

Deine Neugier und deine verdammten Hormone, bekam sie prompt die Antwort von ihrer viel zu gut erzogenen, inneren Stimme.

Ja, und Recht hatte diese elende Besserwisserin auch noch. Das war ihr klar, als ihr Blick wie gebannt an „ihrer" Professorin hängenblieb.

Kein Wort verstand sie von dem, was da vorne erklärt wurde, aber das war ja auch nicht weiter verwunderlich.

Es handelte sich schließlich um eine Vorlesung im Fachbereich Physik.

Naturwissenschaften waren ihr schon zu Schulzeiten ein Buch mit sieben Siegeln gewesen, und das hatte sich auch in den letzten Jahren nicht geändert.

Ihr Interesse galt ja aber auch nicht dem Thema, sondern Sophia.

Um genau zu sein, Frau Prof. Sophia Morgenstern – was für ein Name – und was für eine Frau. Knapp vierzig, das hatte Miriam bereits herausgefunden. Geschieden und einfach atemberaubend. Kurzes haselnussfarbenes Haar und grüne Augen, welche ständig vor Ironie zu funkeln schienen. Nicht zu vergessen ein Lächeln, das selbst eine schwer bewaffnete Amazone zum Schmelzen gebracht hätte.

„So, hat jetzt noch jemand Fragen zum eben Besprochenen?"

Dieser Satz war vermutlich der erste Satz, den sie vollständig verstanden hatte. Sei's drum.

Fragen hatte sie genug, zum Beispiel:

„Darf ich Sie küssen?" Oder:

„Schmeckst du genauso gut, wie du aussiehst?"

Weitere tausend Dinge dieser Art fielen ihr ein, doch sie brachte nur ein zögerndes Kopfschütteln zustande.

Langsam verließen ihre deutlich jüngeren Mitstudenten den Hörsaal, und auch Miriam sammelte ihre Unterlagen ein, um sich auf den Weg zur S-Bahn zu machen. Schließlich musste sie die Kinder rechtzeitig bei ihrer Mutter abholen.

Im letzten Moment erreichte sie die Bahn und ließ sich in einen leeren Sitz fallen.

Die Sommerhitze hatte ihr den ganzen Tag schon den Atem genommen, und so genoss sie es, in dem kühlen Abteil ein bisschen zur Ruhe zu kommen.

Sie hatte zwanzig Minuten Zeit und schloss die Augen, um ein wenig zu träumen.

2.
+ Vorlesung aus Raummangel in den Saal des Universum-Kinos verlegt +

Die Atmosphäre des alten Kinosaales hatte sie ganz gefangen, und so war sie noch einen Moment länger sitzen geblieben als ihre Kommilitonen.

Plötzlich stand Sophia vor ihr.

„Was tun Sie eigentlich hier? Sie haben doch recht offensichtlich keine Ahnung, um was es in meinen Vorlesungen geht ...?"

Miriam stand auf, um ihr in die Augen sehen zu können.

Es klang nicht nett. Nein, noch nicht einmal höflich. Und sie hatte keine Antwort darauf.

„Ich mag Ihre Ausstrahlung."

Verdammt, ihre Zunge hatte schneller gesprochen als sie denken konnte.

Sie spürte, wie sich eine vertraute unangenehme Wärme über ihr Gesicht zog, und erwartete, jeden Augenblick wie vom Schlag getroffen zwischen die Sitze zu sinken.

Miriam hatte immer gedacht, es würde bei der Menge an Studenten nicht auffallen, dass sie seit einem Semester in dieser Vorlesung erschien.

„Das ist jedenfalls eine der nettesten Ausreden fürs Nicht-Lernen, die ich je gehört habe."

Das Lächeln, das diesen Satz begleitete, verstärkte das Gefühl von Hitze in Miriams Gesicht noch weiter. Doch es wanderte jetzt auch deutlich weiter und tiefer in ihrem Körper.

„Jetzt mal Spaß beiseite. Was treibt Sie in meine Vorlesungen? Das reine Interesse an der Wissenschaft ist es wohl wirklich nicht."

Funken sprühten aus Sophias Augen.

Miriam antwortete auf diese Frage, indem sie Sophia zärtlich über die Hand strich.

„Sagen Sie mir bitte, dass es nicht ganz chancenlos ist, wenn ich Ihnen jetzt sage, dass ich Sie gerne küssen würde."

„Bitte was?"

„Küssen!"

„Sie sind meine Studentin, und ich bin hier Professorin! Wie kommen Sie darauf, dass ich Sie küssen würde?"

„Vielleicht, weil ich es einfach wahnsinnig gerne täte!"

„Dann tu es doch!"

Nun war es an Miriam, verwirrt zu sein.

„Tu es doch?"

„Ja, wenn du es so sehr willst? Dann tu es doch!"

Noch einmal würde sie sich das nicht sagen lassen. Behutsam legte sie ihre Lippen auf Sophias Mund. Sie wollte nichts falsch machen und zögerte eine Sekunde.

Dieser Moment reichte Sophia, um mit einer Hand die Haare in Miriams Nacken zu greifen und mit der anderen ihr Becken ganz nah an sich heranzuziehen.

Davon völlig überrascht hätte Miriam beinahe das Gleichgewicht verloren. Zum Glück fand sie Halt an einem der alten Sitze.

Als sie sich wieder aufrichten wollte, spürte sie Sophias Hand, die sie, ohne Widerworte zu dulden, gegen den Sitz drückte.

So stand sie da und wusste nicht recht, wie ihr geschah.

„Bleib, wo du bist!", hörte sie Sophia flüstern. „Ich werde nichts tun, was du nicht willst. Aber bleib da stehen."

Erstaunen und so nicht gekannte Erregung ließen Miriam regungslos verharren.

Da die Vorlesung schon seit einer halben Stunde vorüber war, schaltete genau in diesem Moment die Zeitschaltung auf Notbeleuchtung um.

Im Halbdunkel stand Miriam zitternd vor Verlangen und Anspannung da und beugte sich unter Sophias Hand immer weiter über die Sitzlehne.

„Was ist, wenn ...?"

„Pssst, es kommt niemand, ich habe den Schlüssel!"

Sophia hatte es sich im Sitz hinter ihr bequem gemacht, und Miriam spürte, wie deren Hände unter ihr Kleid wanderten. Von den Kniekehlen langsam aufwärts. Quälend langsam.

Fingerspitzen berührten den Saum ihres Bodys, wanderten nur ein winziges Stück darunter.

Sie hörte die Druckknöpfe.

Einen, zwei und den dritten.

Sie spürte, wie sich Sophias Hände in ihren Hintern krallten und sofort wieder losließen, und merkte auch, wie feucht sie inzwischen war.

Tausendmal hatte sie davon geträumt, doch so ...

Egal, sie wollte nur noch spüren.

Der Stoff ihres Kleides wurde behutsam über ihren Rücken gelegt. Er war so lang, dass auch ihr Kopf fast noch darunter verschwand.

Ihr Herz blieb fast stehen, als sie die kurze, aber gezielte Berührung von Sophias Zungenspitze spürte.

„Atme weiter, meine schöne Studentin."

Miriam war zu verwirrt und vor allem viel zu erregt, um etwas erwidern zu können.

Es war unheimlich, wie sehr sie diese seltsame Situation genoss. Schauer jagten durch ihren Körper.

Sophias Finger bahnten sich zielsicher ihren Weg über Miriams Schenkel. Sie drang gefühlvoll, aber bestimmt in das feuchte Paradies ein.

Miriam stöhnte leise auf. Sie drängte sich dieser Hand entgegen, um sie noch intensiver zu spüren. Die Hand verschwand genau so schnell, wie sie dort erschienen war.

Hungrig nach mehr stand Miriam tief über den Sitz gebeugt im dunklen Saal.

Die Beine weit gespreizt – erhitzt – leise stöhnend. Ungewiss, was als Nächstes passieren würde.

Sie spürte nur Sophias leisen Atem, der mitten in ihr Lustzentrum zu strömen schien.

„Hör nicht auf, bitte!"

Als Antwort bekam sie nur ein leises Stöhnen.

Sie hatte gerade beschlossen, sich umzudrehen, als sie Sophias Stimme hörte.

„Möchtest du wirklich, dass ich weitermache?"

„Ich will nichts mehr als das ..."

Sie hatte noch nicht ganz ausgesprochen, als sich eine Hand vollständig auf ihre pulsierende Vulva legte.

Eine gezielte Massage begann und trieb Miriam gleich einem Boot stetig mit den Wellen dem heiß ersehnten Höhepunkt entgegen.

Fast quälend langsam ließ Sophia ihre Finger kreisen. Und jedes Mal, wenn Miriam dachte: „Nur noch einmal bewegen, dann ...", hielt Sophia inne und wartete einen Moment, um von vorne mit ihrem Spiel zu beginnen.

Miriam stöhnte laut auf. Sie war nicht mehr in der Lage, sich zu kontrollieren.

Sie hatte nur noch einen Wunsch. Sie wollte kommen, jetzt und sofort. Nichts anderes mehr. Nur noch ihre Lust hinausschreien.

Ihre Hüften schoben sich immer näher an Sophia.

Diese stoppte jetzt nicht mehr, sondern betrachtete Miriams bebenden Körper, sah, wie sich ein Zittern auf ihrer Haut ausbreitete.

Spürte ihre Lust fast als eigene ...

3.

Ein rein studienbezogenes Gespräch und danach, hatte sie sich geschworen, würde sie keine Physikvorlesung mehr besuchen. Sie wollte sich voll und ganz ihrer beruflichen Zukunft widmen.

Drei Tage hatte sie warten müssen. Doch sie wusste, dass es sein musste – leider.

Nun war es so weit.

Sie saß im Vorzimmer von Prof. Morgenstern und schaute deren Sekretärin beim Sortieren von Unterlagen zu.

Natürlich war sie viel zu früh hier gewesen, und so wurde sie von der resoluten Frau Fischer zu einem unbequemen Stuhl bugsiert und harrte dort im unfreundlichen Neonlicht darauf, dass sie endlich vorgelassen wurde.

Sie redete sich selbst gut zu und versuchte sich mit vor Jahren erworbenen Übungen wie Atemtechniken oder Muskelentspannung zu beruhigen.

Das Neonlicht hier im Wartebereich war schrecklich, und so schloss Miriam die Augen, um besser entspannen zu können.

Nussholz. Alt und schön stand das riesige Himmelbett vor ihr.

Die Vorhänge am geöffneten Fenster blähten sich unter dem Herbstwind.

Sie konnte eine Mischung aus Orangenöl, Patchouli und dem feuchten Moos des Gartens riechen und atmete tief ein.

Sie wusste, was sie zu tun hatte ...

Sophias leise und keinen Widerstand duldende Stimme hatte es ihr am Telefon befohlen.

Miriam zog sich aus.

Stück für Stück – langsam und bedächtig. Jedes Teil faltete sie mit Bedacht und legte es ordentlich auf die hölzerne Truhe.

Sie drehte sich nicht um, obwohl sie spürte, dass Sophia den Raum betreten hatte.

Das Kommende erwartend trat sie unruhig näher an das Bett.

Sophia genoss das Bild, das sich ihr bot.

Vollkommen nackt lag Miriam vor ihr. Ihre blasse Haut leuchtete wie ein Edelstein auf der mokkabraunen und glänzenden Bettwäsche.
Sie hatte ganz bewusst diese Farbe gewählt.
Auch die Augenbinde, die sie Miriam jetzt anlegte, war aus demselben Stoff gefertigt.

Miriam wartete ungeduldig auf jede noch so zufällige Berührung.
Zog doch jede einen früher nie gekannten Schauer nach sich.
Leise stöhnte sie auf, als Sophia mit den Fingerspitzen ihre Brüste berührte.
Ebenso schnell verflog diese Berührung wieder.
Sie hörte, wie sich Sophias Schritte im Raum entfernten.

Ein leises Rascheln war zu vernehmen. Ein Fenster, das geschlossen wurde. Das Zünden eines Streichholzes. Knistern eines auflodernden Feuers.
Stuhlbeine, die über Parkett glitten.
Was man alles hört und wahrnimmt, wenn man nichts sieht, stellte sie fest.
Das Laken unter ihr fühlte sich kühl und glatt an.
Die Luft um sie war feucht vom aufkommenden Nebel vor den Fenstern.
Sich langsam verbreitende Wärme, die sie aber noch nicht wirklich erreichte.
Und Blicke. Blicke, die auf ihr ruhten, sie berührten, durchdrangen und eindrangen.

Dann diese Stimme. Sophias Stimme.

Immer ein wenig zu rau, um neutral zu klingen

„Ich will dich sehen!"

„Will sehen, wie du dich berührst!"

„... aber ich kann doch nicht ... das habe ich noch nie ..."

„Tu es!"

„Für mich!"

Zögernd ließ Miriam die Hände über ihren Bauch gleiten.

Dass sie nichts sah und selbst beobachtet wurde, irritierte und erregte sie.

Es fühlte sich an, als wären es Sophias Hände, die nun langsam ihren Weg fortsetzten.

Ohne weiteres Zögern gehorchte Miriam. Es gab schon eine Weile keinen Zweifel mehr. Sophias Stimme machte sie zu einer Art Marionette. Sie konnte gar nicht anders, als dem Befehl zu folgen.

Alles hatte Sophia vorbereitet. In einer großen, mit Eis gefüllten Schale lagen die mitgebrachten Spielereien.

Eine schlanke Glaskaraffe voller halb gefrorener, weiß glänzender Sahne. Die Kette aus kleinen polierten Perlen. Und natürlich ihr neuester Besitz, den sie heute mit ihrer Geliebten genießen wollte.

Sie wollte sie heute verwöhnen und für den gebotenen Gehorsam belohnen.

Natürlich nicht, bevor Miriam bereit war.

Bereit sie zu bitten – um mehr – um alles!

Der Weg war Miriams Händen durchaus vertraut. Gerade spürten sie die dünne OP-Narbe an eben jener Stelle, an der sonst die Haare begonnen hatten. Sie hatte sie auf Sophias Bitte hin inzwischen fast vollständig rasiert und genoss das neue Gefühl, alles noch intensiver zu spüren.
Sie bewegte sich langsam, rhythmisch und umkreiste so ihre empfindlichsten Zonen.
Miriams Finger wanderten noch tiefer und kamen zaghaft zum Halt. Ein Schauer zog sich über ihre gesamte Haut.
Nur der Bruchteil von Sekunden verstrich, und ihre Bewegungen setzten wieder ein. Erst zögerlich, dann fand sie zu ihrem höchst eigenen Rhythmus.

Sophia war inzwischen ganz nah an das Bett herangetreten und atmete schwer bei dem wunderbaren Anblick, der sich ihr darbot.
Dass es ihr so viel Lust bereiten könnte, Miriam dabei zu beobachten, hatte sie nicht erwartet. Ihre Erregung stieg. Lange würde sie es nicht mehr aushalten, ohne sie zu berühren.
Der Kamin verbreitete inzwischen eine wohlige Wärme auf ihrer beider Haut.
Langsam und bedächtig griff Sophia nach der kühlen Kette und ließ sie wenige Millimeter über Miriams Brüsten schweben.

Diese spürte, dass da etwas war, und konnte doch nicht herausfinden, was. Es war über ihr und kalt.

Als es sie berührte, stöhnte sie leise auf. Es prickelte auf ihrer Haut und folgte sehr langsam der Spur ihrer Hände.

Nur noch spüren. Sie war nicht mehr in der Lage zu handeln. Ihre Hände ruhten regungslos auf heißer Haut.

„Aber ich sollte doch … hat es dir nicht gefallen, ich ...?"

„Pssssssssssssst. Es war zu schön und nun schweig, bis du mich um mehr bitten willst."

Sie ließ die Kette langsam an Miriams Beinen entlang gleiten und warf sie dann ohne weitere Beachtung quer über ihre Füße.

Die Karaffe lag viel besser in der Hand.

Sie beobachtete gespannt das erhitzte Gesicht, als sie die ersten Tropfen Sahne zwischen Miriams Brüste tropfen ließ.

Erstaunen und Gier nach mehr sah sie darin.

„Leg die Hände unter deinen Kopf!"

Bereitwillig tat Miriam wie ihr geheißen

In der gleichen Sekunde trafen sie die kalten Sahne-Perlen mitten ins Zentrum ihrer Lust und vermischen sich dort mit ihrer Nässe. In großen und kleinen Kreisen ließ Sophia nun die Sahne über Miriams angespannten Körper laufen.

Die leere Kanne ließ sie einfach vom Bett auf den dicken Teppich davor rollen.

Mit einem einzigen Handgriff verschaffte sie sich Platz zwischen Miriams Beinen.

Sie begann, sie zu massieren. Mit den Daumen von den Knien langsam über die Oberschenkel aufwärts. Sie teilte die dunkelroten Lippen vorsichtig, aber bestimmt. Dort setzte sie ihre Massage unbeirrt fort.

Miriam begann, sich unter ihren geübten Fingern zu winden. Ihr Stöhnen wurde von Sekunde zu Sekunde lauter. Doch jedes Mal, wenn sie dachte, der Höhepunkt sei nur noch einen Hauch weit entfernt, stoppte Sophia in ihren Bewegungen.

Und plötzlich war sie wieder alleine auf dem Bett.

Sophia wollte für Miriams Bitte bereit sein.

Sie versuchte, ein Stöhnen zu unterdrücken, als sie das eine Ende ihrer Neuanschaffung vorsichtig platzierte. Doch es gelang ihr kaum noch.

Dann ließ sie ihre Zunge nach Sahneresten auf Miriams Haut suchen. Schnell fand sie die pochende Stelle wieder und ließ vorsichtig ihre Zähne daran entlang gleiten. Sie hatte herausgefunden, dass Miriam von langsamen, aber gleichmäßigen Bewegungen fast davongetragen wurde.

Doch Sophia wusste auch, wovon sie wirklich träumte, was sie sich wünschte und was sie noch nie ausgesprochen hatte.

Als sie sich nun dicht an Miriam heran kniete, ahnte sie, dass es bald so weit war.

„Was wünschst du dir von mir", drang Sophias Stimme heiser bis zu Miriam vor.
„Ich ..."
„Ich möchte ... ich will ..."
„Was willst du? Sag es! Du weißt, ich bin für dich bereit!"

Es war alles egal. Sie wollte es so sehr. Seit Wochen träumte sie davon und wurde morgens noch ganz benommen von ihren Träumen wach.
„Ich will, dass du mich nimmst. Ich will dich in mir spüren!"
Während der letzten Worte hatte Sophia schon begonnen, quälend langsam in Miriam einzudringen. Stück für Stück bahnte sie sich ihren Weg.
Einmal in ihrem Reich angekommen, begann sie sich zu bewegen. Nicht mehr zaghaft und langsam, sondern kraftvoll und stetig.
Sie spürten fast dasselbe, und bei jedem neuen Eindringen vermischte sich ihr Stöhnen zu einem.
Das leichte Vibrieren zwischen ihnen und die angestaute Lust aufeinander ließ ihnen nicht viel Zeit.
Miriam spürte das Feuer ihre Beine empor kriechen und genoss jede Sekunde, bis sich der Orgasmus in einem heftigen Aufbäumen ihrer bemächtigte.

Sophia hielt sich in und auf ihr, und Miriams Anblick raubte ihr den Atem.

Als diese ruhiger wurde und still da lag, war ihre Zeit gekommen, und sie gab sich ganz dem Moment hin.

„Sie können jetzt rein." Frau Fischers Stimme riss sie in die neonbeschienene Realität zurück.
Ihr stockte der Atem.

Ja, sie musste das dringend klären.

Über die Autorin:

1976 in Finnland, dem Land der tausend Seen, geboren, lebt die Autorin seit ihrem 7. Lebensjahr in Deutschland.

Sie hat eine Tochter und lebt nach der Trennung von ihrem Ehemann mit ihrer Lebensgefährtin und deren Tochter zusammen in Hessen.

Mehr zur Autorin finden Sie auf der neu gestalteten Homepage:

http://www.patricia-kay-parker.de

Aufregende Schwarz-Weiß-Fotografien in Form von Lesezeichen, Wallpaper und Grußkarten erwarten Sie dort.

Seien Sie Willkommen!

Bereits erschienen:

Patricia Kay Parker – **Smilla@Chess**

Roman

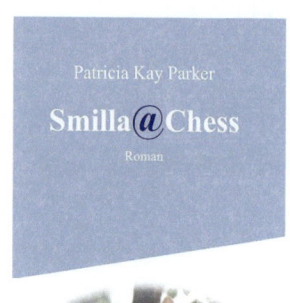

Die Welt der jungen stellvertretenden Chefredakteurin Leena steht auf dem Kopf. Zum ersten Mal im Leben verliebt sie sich in eine Frau. Neugierig geht sie diesen Gefühlen in sich nach und lernt im Chat die aufregende Chess kennen. Zunehmend hat Leena das Gefühl, dass sich die Realität und die virtuelle Chat-Welt vermischen.

Erschienen Oktober 2005 im BOD-Verlag
232 Seiten – 13,90 €
ISBN: 3-8334-3732-4
Bestellbar im Buchhandel oder unter:
hppt://www.patricia-kay-parker.de